红了的冬青

凌叔华 著

天津出版传媒集团

天津人民出版社

图书在版编目(CIP)数据

红了的冬青 / 凌叔华著. -- 天津：天津人民出版社, 2016.8(2019.7 重印)
(凌叔华文集)
ISBN 978-7-201-09933-0

Ⅰ.①红… Ⅱ.①凌… Ⅲ.①短篇小说-小说集-中国-现代 Ⅳ.①I246.7

中国版本图书馆 CIP 数据核字(2015)第 259077 号

红了的冬青

HONGLEDEDONGQING

出　　版	天津人民出版社	
出 版 人	刘　庆	
地　　址	天津市和平区西康路 35 号康岳大厦	
邮政编码	300051	
邮购电话	(022)23332469	
网　　址	http://www.tjrmcbs.com	
电子信箱	tjrmcbs@126.com	

责任编辑	范　园
装帧设计	汤　磊
责任校对	邱　珺

印　　刷	三河市华润印刷有限公司
经　　销	新华书店
开　　本	787 毫米×1092 毫米　1/32
印　　张	6.75
字　　数	110 千字
版次印次	2016 年 8 月第 1 版　2019 年 7 月第 2 次印刷
定　　价	37.00 元

目　录

快来扫我,加入读者群

1.编辑分享凌叔华的生平与创作故事

2.参加"古韵何来——寻找凌叔华"读书打卡活动

3.加入读者群,与书友交流互动

目　录

凌叔华的画簿

竹

一枝寒玉抱壺心

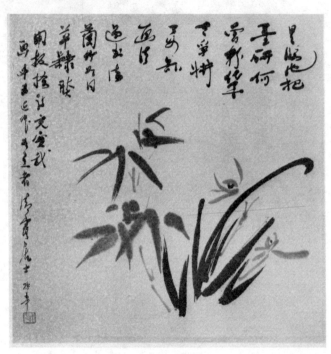

兰竹

竹石图

兰

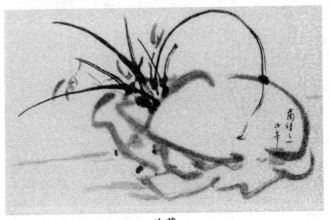

兰草

春深

东篱倩影

作于一九五四年

初秋

一九五四年秋十月独游

国画　山水

四川嘉定(乐山)

秋晨

三峡清晨,作于一九四五年,现藏美国全国艺术协会

一九三四年得元人荒草意境而画

秋水秋花入画图

小哥儿俩

　　清明那天，不但大乖二乖上的小学校放一天春假，连城外七叔叔教的大学堂也不用上课了。头一天爸爸早就打了几次电话催七叔叔早些回家过节；妈妈出门买了许多材料，堆满了厨房的长桌子，预备做许多菜。

　　这一天早上的太阳也像特别同小孩子们表同情，不等闹钟催过，它就跳进房里来，暖和和地趴在靠窗挂的小棉袍上。

　　"二乖!还不起,太阳都出来了。"大乖方才醒了照例装着大人口吻叫弟弟起来,其实他还未满八岁比弟弟大两年。

二乖没理会哥哥说什么话，现在不晓得做了什么可怕的梦，只顾把他的胖胖的圆脸往被窝里藏。

这样一来，哥哥可看不上眼了，跳下自己的小床，披了墙上晒暖和的棉袍，走到弟弟床前，摇他几下，摇不醒，他叫起来：

"妈妈，你来看看二乖，他又把脑袋放在被窝里睡觉。"

这一喊没把妈妈喊来（妈妈早就下厨房去了，不在隔壁）倒把二乖惊醒了。他的小喇叭嘴，老是那样笑呵呵的样子，他忽然坐起来搓眼问道：

"哥哥要去了吗？"

"去哪里？今天放假！"

"放假"两字特别响亮，这响亮声直窜进小心窍里，使他们想起快活的事来。二乖一边穿衣服说：

"妈妈说今天有好东西吃。"

"七叔叔今天回家，上回他答应给我们带一只像表叔家那样的百灵来。"大乖说着好像已经看见七叔叔像上回一样骑了一头黑驴手拿一个鸟笼子的样子。他一边跳着跑出房门，一边唱道：

"七叔叔，八叔叔，七个八个小秃秃。"

二乖一边洗脸也跟着唱:"七叔叔,八叔叔,七个八个小猪猪。"

妈妈从前院走进来喝道:

"怎么好拿七叔叔唱着玩,他听见要生气呵。"

"七叔叔来了吗?"大乖急问道。

"刚才到,快洗干净脸才许出去。"

"怎么没有听见小毛驴铃铛响?"大乖说着赶忙地擦脸。

"你猜他总得骑驴才能回来吗?这回他坐汽车回来的。"妈妈说着,一边替二乖拉正了领子。

"二乖,咱们跟七叔叔要鸟儿去。"大乖放下洗面巾拉着二乖就跑。

前院子一片小孩子的尖脆的嚷声笑声,七叔叔果然带了鸟来,还是一只能说话的八哥。

"把笼子摘下来让我细细地看看它怎样说话。"二乖推着七叔叔的手央求道。

笼子放在一张八仙方桌子上,两个孩子跪在椅上张大着嘴望着那里头的鸟。那鸟的全身羽毛比妈妈的头发黑得还可爱,那双滴溜转的圆眼睛不住地向着孩子们凝视,一会儿把黑滑的小脑袋一歪,圆眼珠子一转,像想什么心事似的,忽然它的蜡黄色的长嘴上下张开了娇声叫道:"开饭、开饭。"

孩子们欢喜得趴在桌上乱摇身子笑,他们的眼,一息间都不曾离开鸟笼子。二乖的嘴总没有闭上,他的小腮显得更加饱满,不用圆规,描不出那圆度了。他一边叫着,一边用手指伸进鸟笼子缝里,"小舌头多小呀!"

大乖用他最宝贵的新式自来铅笔插进笼子逗鸟玩,也喊道:

"八哥,八哥,再说一遍。"

这只鸟似乎非常懂事,一些也不认生,望着小孩子又叫道:"开饭,开饭,小秃子叫开饭!"

这声音简直像是从一个小女孩子的嘴里出来似的,不但孩子们听了乐得起劲,连七叔叔同爸爸都围到桌子前来了。

"它从前的主人家一定也有小孩子的吧?"爸爸同七叔叔说。

"是学校的花匠卖给我的,他家有五六个小孩子。"七叔叔说。

"五六个小孩子把它喂大的是不是,叔叔?"大乖赶紧问。

"他们喂大了它，还教它说话。你们天天下课回来像先生教学生那么教几次，它更会说许多话了，我还看过会背出一首长诗的鹦哥，这没有什么出奇，只要肯耐烦教，一遍不会，教两遍，教一百遍都不嫌麻烦就行了。"

七叔叔末了讲的什么孩子们简直没听见，他们俩又都目不转睛地呆向着笼子看，他们想到自己要做先生，这是多好玩的事，大乖还在那里想要哪里做讲堂、上课下课打钟或是摇铃，他想到小学校是打钟，幼稚院是摇铃的。

大乖正想同二乖说好就在今天实行这大计划了，恰在这顷刻间妈妈来喊大家去吃春卷。

孩子们本来不肯离开八哥去吃早饭，要求妈妈把鸟笼子提到饭厅去看着吃，无奈妈妈向来不大轻易答应孩子的要求，要求最成功的也不过是折中办法，这回也不外这样，允许了一半，只许把鸟笼子挂在饭厅前面的桌上，吃点心时隔着玻璃窗望得见。

大乖的眼总是望着窗外，他最爱吃的春卷也忘了怎样放馅，怎样卷起来吃，他差不多吃过一两卷后，都只吃包卷的粉皮，忘了放馅了。二乖因为还小，常傍妈妈坐，都是妈妈替他卷好的，不过他到底不耐烦坐在背着鸟笼子的地方,一吃了两包,他就跑开不吃了。

二乖离开饭桌便向廊下跑去,大乖也在后跟了来。

"孩子们,吃这一点不吃了吗?一会儿嚷肚子饿,可没有东西吃,听见没有?"妈妈看着孩子们的入迷,这样从背后喊住问。

孩子们不约而同地回答:"吃饱了,不吃了。"

七叔叔叹着笑道:"糟了,孩子们都着迷了,是叔叔害他们的!"

叔叔把花儿匠交给他的用鸡蛋炒的小米交给大乖,留着喂鸟,又说最好只给它凉开水喝,随便喝别的水恐怕会生病。

大乖叫二乖拿着小米的口袋伺候着八哥吃完再添,自己却一手拿一个茶杯,在那里很小心地把热开水倒来倒去要把水弄凉了给鸟喝。

"哥哥,你说要哪里做讲堂?"二乖问。

"草亭子做讲堂顶好,那边没有人吵。"大乖常装出大人的气派来说话,脸色非常郑重。

"我要教它念会第一册国文,要它背得一个字都不错,比你还强得多。"

二乖也没觉得哥哥的话不好听,因为爸爸常当他面

说过几次他念书不行,比大乖差得远了。大乖也说惯了一些瞧不起他的话。他还是笑嘻嘻地望着哥哥说:

"哥哥,我教它唱'先生早呵'?朱先生昨天夸我唱这歌顶好。"

"你做唱歌先生好了,可是教唱歌的时候,不要笑。"

"我们什么时候开学呢?"

"愈早愈好,今天早上吧。"大乖很有把握的样子说了。

好容易妈妈允许了可以把鸟笼带到园子里,这一早上,可把两个孩子忙透了。

想到了学校的国文先生戴眼镜,抱着一个皮书夹来上课的,大乖就跑去把妈妈的避风眼镜从抽屉里翻出来了自己戴上,又把爸爸出门用的皮包也夹起来。卧房的闹钟也搬到亭子上来,因为找不着铃子,上课下课只好拨一回闹钟就算摇了铃了。

哥哥上去摆出正经面孔来,教了一课国文,这八哥学生不知是认生害羞或是真笨,一句句子教了十几回都念不出来,只会向先生溜眼歪头,先生末了没法子望着它,它就提高了声像小孩子撒娇似的喊一声:"开饭、开饭!"

这两个孩子听是八哥又出声说话，高兴得叫起来，等到他俩围着笼前逗它，它怎样都不开口了。

"这学生还认生害羞吧。"大乖说。

"它饿了吧？"二乖拿了小米放在手掌上喂它吃，八哥啄一口小米，歪一歪头望孩子一下，那样子比洋娃娃好玩多了。

"这样子好玩！"大乖喂八哥水喝。

"哥哥，它晚上跟谁睡觉？"二乖问，他心里先想今晚上怎样放它在床上，把自己的新棉被给它盖，明早上它若不醒，他就学妈妈来叫自己一样，把它整个抱起来，不管它醒了没有。

"你真傻气，哪见过人同鸟睡的呢？"哥说。

到吃午饭，他还要求把八哥挂在廊下，二乖留了一小碟自己爱吃的炖肥肉，吃完饭带去给八哥，给妈妈止住他，惹得大家都笑了，他还说怎么鸟不吃肉呢？

饭后爸爸同叔叔要去听戏，因为昨天已经答应带孩子们一块儿去的，妈妈就同他们换衣服。

小哥儿俩要带八哥去，可是他们只坐池子又不是包厢，哪能带个鸟笼去呢。

"舍不得离开八哥就别去好了？"爸爸带笑地说。

"今天可有李万春做黄天霸呀！"七叔叔提醒他们。

大乖脑子里浮出李万春的小身子，穿上闪闪亮的花袍。头上戴的满是颤巍巍的大绒球冠子，拿了带穗的花马鞭，跳着跳出台来，一手扯起一幅袍子，两眼瞪大了才喊一声黄天霸——台下大家立刻就喝彩，那是多么好玩！

二乖听见李万春黄天霸的名字，立刻就掀起一幅袍子喊道："黄天霸呀！"杏核样的大眼学哥哥样斜瞪了一下。

忽然大乖想出要去看戏的道理了，说：

"二乖，我们也放八哥儿假吧，今天谁都放假。"

二乖自然同意。于是雇了三辆人力车上戏园去，爸爸一辆，叔叔一辆，大乖同二乖坐一辆，妈妈向来不爱听戏，上姥姥家谈天去。

两个孩子坐在车上还不断地谈起八哥。大乖这时又有很深远的像大人样的主意。

"我说，二乖，"他郑重地说，"它的声音那么好听，我们把它送到音乐学堂去，让它做成一个音乐家吧。"

"什么家？"二乖不大懂。

"音乐家都不懂？前些日子我们在青年会不是看见

张姑姑站在上面唱歌，我们大家都拍手请她再唱，她就是音乐家，听说她在音乐学堂学来的。将来我们的八哥成了音乐家，也站在台上唱歌，多好听！"大乖同无知的弟弟说话，虽然不大痛快，但是他想到了八哥成了音乐家，心里就充满了希望的愉快。

"八哥上台去唱歌，我们俩坐在底下拍手呵！"二乖满脸笑容地说，心想哥哥一定说好。

"那时候我们也像张姑姑的先生一样坐在台上看，不坐底下了，让听的客人拍手了。等唱完了歌，我们还要上台演说给大家听。"

"我不敢上台去。"二乖急说。

"怕什么呢，我敢上去。"大乖说到这里，想到演说的人第一句第二句都说什么"诸君，今天兄弟"，他们的头发都梳得很齐整，搽了发香膏，漆黑的头发中，露出一条雪白的头发缝。皮鞋也很光的，大概演说的人都是一只脚歪歪地伸向一边，台下的人看两只鞋都很清楚的，并不像学堂里先生叫起来问书的样子：两脚立正，像他们班的王大常那次上去演说，先生说他像罚站的演说，惹得大家笑话。

哥哥虽然想到了许多事，弟弟什么都不懂，已经不耐烦同弟弟说了。弟弟也在那里想到八哥的种种样子，滚圆滴溜转的小眼睛，漆黑光亮的小脑袋，又细又长的小黄嘴，怎样伸进小水盂里咯嘟咯嘟地喝水，张开嘴伸出小红舌头来；还有它一歪头喊"开饭、开饭"，是多么可爱呵！他同大乖说："哥哥，我真爱这个八哥，它真好玩！"

大乖只"唔"了一声，接着他肯定地说道："我们一定得把它送去学堂学成一个音乐家，回家同妈妈商量。"

随后到了戏园。他们虽然零零碎碎地想起八哥的事来，但台上的锣鼓同花花袍子的戏子把他们的精神占住了。

快天黑的时候散了戏，随着爸爸叔叔回到家里，大乖二乖正是很高兴地跳着跑——学李万春那样迈步法，跳进院子，忽然想到心爱的八哥，赶紧跑到廊下挂鸟笼地方，一望，只有个空笼子掷在地上，八哥不见了。

"妈——八哥呢？"两个孩子一同高声急叫起来。

"给野猫吃了！"妈的声却非常沉重迟缓。

"给什么野猫吃的呀？"大乖圆睁了眼，气呼呼地却有些不相信。二乖愣眼望着哥哥。

"还有哪一只？又是那黑野猫！真气人，腊肉高高地吊在房檐下，它有法子摸得着；金鱼放在铁丝罩盖的水缸里,它有法儿抓出来。一味馋嘴,打了多少次都不怕,这回偷到笼子里的鸟儿来了!老王也是不中用,一只猫都管不了,方才我出门只忘了嘱咐一句,谁知就真会出事。"妈妈愈说愈生气,虽没有高声地嚷叫,可是声音是很急促的,嘴唇有些抖颤,"可怜吃得连骨头都不见了!"

"既然没见骨头,这八哥也许飞走了,没有死吧?"爸爸喝着茶插口道。

爸爸这话确给孩子们不少慰藉,他们记得故事里常有鸟儿飞去,想到主人待他的好处,常会衔了一串珠子或一件宝物回来望主人的,这是多有趣呀!他们想着,眼却盯着妈。

"死是一定死了的,瞧那簸箕里的毛,上面都沾着血。"妈答。

簸箕里的鸟毛是在方廊下扫起的,混着血肉乱作一堆,上面还有几个苍蝇飞来飞去。

大乖看见就哭出声来,二乖跟着哭得很伤心,这一来,大人们也意乱心烦了。

他们也不听妈的话,也不听七叔叔的劝慰,爸爸早躲进书房去了。

忽然大乖收了声,跳起来四面找棍子,口里嚷道:

"打死那野猫，我要打死那野猫！"

二乖趴在妈的膝头上，呜呜地抽咽。

大乖忽然找到一根拦门的长棍子，提在手里，拉起二乖就跑。妈叫住他，他嚷道：

"报仇去，不报仇不算好汉！"

二乖也学着哥哥喊道："不报仇不算好看！"

妈听了二乖的话倒有些好笑了。大乖却没作理会，他这时正记起《三侠五义》里的好汉怎样报仇，《三国演义》里的张飞替关云长报仇怎样威武，他只恨没有什么真刀宝剑和什么丈八长矛给他使用，这空拳好汉未免减杀一些风势，想到这里，他吁了一口气，却仍旧拿着棍子跑。

"孩子们，上哪里去呀？野猫黑夜里不会来的呵！这就要开饭了，别跑开吧。"妈这时也是实在没法子，也该开饭的时候了。

王厨子此时正走过，他说，

"少爷们，那野猫黑夜不出来的，明儿早上它来了，我替你们狠狠地打它一顿吧。"

"你哪舍得打它呀！这样偷吃的猫，你还天天给它鱼骨头吃呢。"大乖站住了板起脸来像大人一样声容严厉。

"我的少爷，我怎会护着它！给它鱼骨头吃，是因为看它饿得太可怜罢了。"厨子笑着道。

"它是你的祖宗。"二乖忽然记起昨天在学校听到王玉年生气骂人的话,照样说了出来。

"好了,少爷,别生气了,我一定狠狠打它一顿好了。"厨子说。

"那野猫好像有了身子,不要太打狠了,吓吓它就算了。"妈低声吩咐厨子。

大乖听见了妈的话,还是气呼呼地说,

"谁叫它吃了我们的八哥,打死它,要它偿命。"

"打死它才……"二乖想照哥哥的话亦喊一下,无奈不清楚底下说什么了。他也挽起袖子,露出肥短的胳臂,圆睁着泪还未干的小眼儿。

"野猫早上什么时候来呵?在哪里找到它,等我打吧,不要你打了。"大乖忽然决定地问道。

老王走入厨房一边答道:"野猫常是天蒙亮跑到后园来,再窜进厨房,要打,顶好一个在厨房,一个在后园等着。"

"二乖,明儿我们天蒙亮就起来打它,一定得替八哥报仇。"大乖一把拉着二乖跑进屋去。

吃过夜饭,两个孩子还是无精打采挨在妈妈身边,水也不喝,梨也不吃,末了大的要去睡,小的也跟了去。

上床后,大乖不像往常那样拉着人就叫讲故事,他一声不响,只闭了眼要睡。二乖却拉着张妈告诉哥哥方才说明日天蒙亮就起的事。

哥哥听得不耐烦,喝着叫他睡好,要不,怕明早起不来了。

第二天太阳还没出,大乖就醒了,想起了打猫的事,就喊弟弟:

"快起,快起,二乖,起来打猫去。"

二乖给哥哥着急声调惊醒,急忙坐起来,拿手揉开眼。

"咱们快起来打猫去。"大乖披了袍子在穿袜子。

"猫起来了吗?"二乖也急了,不知说什么好,手忙脚乱地就要下床。

"怎么忘了,我们打猫去,不是吗?快穿衣服吧,妈妈看见这样要说的。"大乖已经下了床,扣衣服纽子。

大乖自己穿好了,还帮弟弟扣纽子,一边他告诉弟弟昨晚上他想的怎样打猫。

"你拿这条藤杆,"他递给他一条鸡毛掸子,吩咐弟弟道,"在后面院子等着打它,不要让它跳上房顶去。我在厨房门口等它,老王说它天蒙亮就跳过后园,然后再进厨房去。你记好了打猫的时候,千万不要逼它跳上房去,它跳上去,我们跳不上去就糟了。"

大乖很郑重地与弟弟清清楚楚地解说了,然后两个人都提了鸡毛掸子,拉了袍子,嘴里喊着报仇,跳着出去,这时家里人都还没有醒。

"打猫!"二乖跑入后院去。

"打死它,报仇!"大乖的声音里含满悲愤,跑到厨房门口去了。

这是刚刚天亮了不久,后院地上的草还带着露珠儿,沾湿了这小英雄的鞋袜了。三月阳春的晓风,轻寒薄暖地微微地迎着他吹,觉得浑身轻快起来。树枝上小麻雀三三五五地吵闹着飞上飞下地玩,近窗户的一棵丁香满满开了花,香得透鼻子,温和的日光铺在西边的白粉墙上。

二乖跷高脚摘了一枝丁香花,插在右耳朵上,看见地上的小麻雀吱喳叫唤、跳跃着走,很是好玩的样子,他就学它们,嘴里也哼哼着歌唱,鸡毛掸子也掷掉了。小麻雀好像同他很要好,远远地跟着他跳着跑,一会儿飞上去,一会儿又飞下来,都溜转着它们的小眼睛看他，它们的小圆脑袋左一歪右一歪地向着他装鬼脸似的看，好玩极了。

二乖一会儿就忘掉为什么事来后院的了。他溜达到有太阳的墙边，忽然看见装碎纸的破木箱里，有两个白色的小脑袋一高一低动着，接着"咪噢、咪噢"地娇声叫唤，他就赶紧跑近前看去。

原来箱里藏着一堆小猫儿，小得同过年时候妈妈捏的面老鼠一样，小脑袋也是面的一样滚圆得可爱，小红鼻子同叫唤时一张一闭的小扁嘴，太好玩了。二乖高兴得要叫起来。

他用手摸小猫的头，一只手又摸它的小尾巴，嘴里学它们"咪噢、咪噢"叫着逗它们玩。

一只黑色的大猫歪躺在一旁，一只小猫伏在它胸前肚子上吃奶，大猫微微闭着眼睛得意地看着。其余两只爬在一边。

"哥哥来看看，多好玩呵！"二乖忽然想起来叫道，一回头哥哥正跑进后院来了。

"二乖，你在这里……"大乖还没说完被二乖高兴的叫喊给截住了。

"哥哥，你快来看看，这小东西多好玩！"

哥哥赶紧过去同弟弟在木箱子前面看,同二乖一样用手摸那小猫,学它们叫唤,看大猫喂小猫奶吃,眼睛转也不转一下。

"它们多么可怜,连褥子都没有,躺在破纸的上面,一定很冷吧。"大乖说,接着出主意道,"我们一会儿跟妈妈要些棉花同它们垫一个窝儿,把饭厅的盛酒箱子弄出来,同它做两间房子,让大猫住一间,小猫在一间,像妈妈同我们一样。"

"小猫饿了要找妈妈吃奶呢?"二乖觉得这问题要紧的。

"小猫会'咪、咪'地叫唤,大猫听见就来了。"大乖一边说一边拾起一根树枝去逗小猫。"哥哥,你看它的小鼻子多好玩,还出热气啦。"

"不要吓着它,它还小呢。"哥哥拉回弟弟抱着猫头的手,一边数道,"看有几只——两只白的,一只黑的,一只花的。"

"哥哥,你瞧它跟它妈一个样子。这小脑袋多好玩!"弟弟说着,又伸出方才收了的手抱着那只小黑猫。

原载一九二九年四月十日《新月》第二卷第二号

小蛤蟆

小蛤蟆睁开眼一望，前边一片水粼粼地闪着亮光，知道这是不下雨了，他纵身一跳，出了潮湿的窝儿，蹲在地上。

"宝贝，你要上哪儿玩去？"母蛤蟆伸头到水上唤住问道，"不要走远了，再遇着那两条腿的大妖怪可了不得，昨天险些给他踩一下，差点没把我吓死！"

"不要紧，妈妈，我跳得多快，还怕躲不了他吗？"小的答道。

"可是，宝贝，你知道我们跳多少步才够他一步呀！碰他的大脚一下，就是死不了也要成了残废，一辈子只好蹲在一个地方等饿死，多苦！"

"唔——"小蛤蟆做出很懂事的样子来，他说，"妈妈也知道总拘在一个地方是苦了！可是妈妈老是不让我出窝儿走走，天天光吃死了的臭了的东西，吃得我差不多要吐，也该弄点新鲜的东西吃了。趁今天不下雨，出去散散心，明天说不定又下雨，活的蚊子虻子就不出来了。"

母蛤蟆见说不过儿子，跳到草上笑阻他道："原来我的宝贝吃腻了家里的东西，怎不早些说呢，妈妈也可以弄些新鲜的回来。"

"我出去弄还不一样吗？现在我也长大，该在外面见识见识了。昨天隔壁的大哥还说过世上活的东西像过江过海的鱼虾，到了地上喘不过气来就会闷死；地上跑得很快的耗子和猫狗，掉到水里咕咚咕咚喝几口水，肚子一胀，也就要淹死；只有我们蛤蟆，进水里像鱼虾一样活泼自在，跳上陆地呢，也和猫狗一般吃喝玩闹。这样看来，我们真是世上顶能干的活东西了。哼，就是你怕的那两脚的大妖怪未必比得上我们吧。几时看见他们跑进水里来过，若是掉到水里还许同耗子一样淹死呢。光是身子大会怎样！"说着他的小鼻孔出了两下气，吓得一只小蚊子乱飞。

"小孩子见识少不要胡说乱道，"母亲赶紧打住说，"可别小看了两脚的妖怪，他们是多么神通广大呀！别说你这样小小年纪，就是老公公都十分佩服他们。你想他们不能下水吗，老公公亲眼看见过他们从那大到看不见边的海里捉到很多大鱼，有时他们把地上的窝儿放在水上浮来漂去地玩耍。有一次他还望见他们跳下水去玩了多时，出来换了一套干的皮，又在地上走来走去玩了。"

"真的这样能干？"小的迟疑地问。

"老公公说的哪会有假话！"大的郑重地叹息了一声往下说道，"唔——从前古时候有个顶能干的蛤蟆，不知怎样修炼得了道，变成了两脚的大妖怪了。他留下话告诉大家说，我们同两脚的妖怪有许多地方像得很，第一，他们身上光溜溜的不长毛正同我们一样，他们的两条走道的腿同我们后腿一样比前面的两条长些，腿的上头是软软的胖肚儿，肚儿上头有两条短些的腿，再上面就是脸，脸上有嘴、鼻子、眼睛、耳朵，都和我们一个样儿。"母蛤蟆一边说一边半抬身子指着自己身上各部分说明，声音却十分庄重，小蛤蟆目不转睛地望着她往下说，"看来也只有我们像他们，譬如水里的鱼虾蛤蟹吧，哪是头哪是脚都分不清,身上还长了腥臭滑溜的鳞片,或是梆硬的壳子,同两脚的妖怪一些不像,不用提了;地上走的猫狗吧,一张毛毛的脸儿,虽然也有眼睛、鼻子、嘴,可是天冷天热都披着厚厚的毛皮,后面还拖着一条妖怪尾巴,这样子够多丑呵;天上飞的鸟儿长满一身毛不用说,好好的脚却变成一双怪翅膀,水里陆里多少空地方不搭窝儿,倒喜欢爬那高得可怕的树枝上,刮一回风我倒替他们担一回心呢。”

她说到这里,很觉得意,一边微微抬起身子作样子说,“瞧,只要我们后腿支得起来,不要心急只管跳着走,心平气和地像这样慢慢地摇摇摆摆地走起来就都和他们一样了。”

说得高兴她挺起胖肚子,一扭一扭地颠颤着,居然走了两步才跌倒了。好在身下都是些软草。

小蛤蟆听得入神,原来还有这许多的奇妙道理,自己这么小的身体却能修炼成那两脚妖怪那么大,这是多么可惊可喜的事!

一会儿他低头望到自己四条腿,忽然问道:“可是,若是我们学他们只用两条腿走道,一定很累吧?”

“他们哪里用着多走路,只须钻进一个大东西里,说要上哪里,那东西就拉他们去了。这也是老公公亲眼见的。我真纳闷,他们怎会想出许多奇奇怪怪的好法子玩!"

这更妙得出奇了,连走路都不用脚!原来做了两脚的妖怪还可以使唤别的东西。蛤蟆虽是水陆都住得,可是连一条小鱼都支使不动,还说什么大些的东西吗?他愈听愈加羡慕两脚的妖怪了。

"老公公知道怎样修炼才会变成两脚妖怪吗?"他问。

"他大概不知道,可是他提过修炼不是容易的事,第一得有好骨子,第二才是修炼法子,第三还得有耐性。他说他自己骨子不十分强,所以灰心了。"母亲说着忽然得意起来,说,"宝贝,老公公说你的骨子顶好,他若有这样骨子早就得道了。"

小蛤蟆听到这里喜欢得膨起小肚子一高一低地叫起来。

"宝贝的声音多么清呀,自然骨子是顶好的了!"母亲说到儿子好处,不觉高兴得也一起一伏地跟着唱。

唱过了一会儿,觉得渴了,跳在近旁水坑喝水找寻零碎可口东西吃。母亲想到窝里几个小的要找她,嘱咐了儿子不要上远处玩,便跳水里去。

小坑里碧绿的水映着天上雪白的一团云彩,蹲在里头睡一个觉多么惬意,坑的周围长满了嫩软的细草,醒来跳上去捉小蚱蜢吃够多舒服。小蛤蟆一边吃水里虫子一边想,不觉吃了许多,小肚子胀得浮水都觉得吃力,他一纵身跳到细草上,闭了眼俯伏着歇息。

刚闭上眼,就想到做两脚妖怪多么好,连走路都可以不用脚。自己怎样才能得道变成他们一样,怎样找到一个两脚妖怪告诉这修炼法子就好了。想到这事心里不免噗噗地又急又喜地跳,正在这当儿,忽然远远的一只蜜蜂嗡嗡地叫着飞过来。

"喂,蜂大哥,有什么好消息吗?"小蛤蟆听蜜蜂叫唤得高兴知道必有有趣的事发生了。

"有一件奇怪的新闻。"蜜蜂答。因蜂身上有刺,蛤蟆向来敬畏,他因此倒结了朋友。

小蛤蟆赶紧点头招呼他下来,蜂便轻轻落在草上。

"这事说来实在奇怪!我们邻居一群蜜蜂先几天不是不见了吗?我们都说一定给什么东西吃了或是迷了路回不了家了,大家难过了好多时。后来头儿就叫我们几个分头去寻找他们, 去了许多地方好容易才找着他们,原来他们住在两脚妖怪搭的窝儿里,叫他们回家都不肯回了。他们还要把我留下,我却拼命地飞回来报信。"

"两脚妖怪没有吃他们,还给他们搭窝儿,他们住在他的窝里还不肯回家,真是奇怪!"小蛤蟆说。

"还有奇怪的呢。他们并不用两脚妖怪管着,大家都勤快地做工,那头儿还只央我给领一些同伴去那里过活,我舍不得家,所以逃了。"蜜蜂说完便要飞走,小蛤蟆急止住他问:

"再歇一会儿,我要问你话呢。你见过那里的两脚妖怪没有?他待你们怎样?"

"望见了几回,他像很和气的,住在那里的蜜蜂都说他很好,不但没有欺负他们一回,还弄来许多鲜花让他们采。"

小蛤蟆颤声地把自己想见两脚妖怪的心事说了,随后又把妈妈告诉的话也略略地说了些。

蜜蜂十分羡慕他,也乐得成全他的大志,于是详详细细地告诉他怎样沿了面前的小河一直走,走到尽头,跳上有一大堆到天黑开黄花的待月草,穿过草堆,有几株大树,上了树就可以看见那和气的两脚妖怪。

小蛤蟆听完欢喜得跳跃乱叫,一霎时便跳进小河去了。

怀着一腔信心与希望,他在河里游泳得很快,河里新奇景致,引不了他流连;水上飞来窜去的虫鱼,动不了他的食欲,偶尔渴了就喝几口水,饿了也随便抓着迎面来的小蛄蛄鱼充饿,他一心想着快快到了河的尽头。直游得四肢有些酸乏,可是见了河的尽头,立刻不觉得疲劳了。

他连忙跳上堤子,果然就看见一大堆还没有开的黄色待月花,迎着风一朵朵向他点头,好像恭喜他。

小蛤蟆心下高兴,跳得更加轻快了,穿过草堆,在不远地方果见有两三棵大树,有一座四方的风吹都不动的大东西,上面有几个大窟窿露出光来,他想这个大约就是蜜蜂说的两脚妖怪的窝儿了。

他跳到大树跟前,纵身跳上一棵斜斜的树干上,再慢慢地一小步一小步跳上去。跳了一会儿,忽然望见旁边树枝上有两只小麻雀蹲着,两双滚圆的小眼冲着他溜来转去,似乎笑话他上得吃力。

小蛤蟆倒也不动气,反而笑向麻雀说:"我倒可怜你,长了一身怪毛,一对怪翅膀,只好一辈子冒险住在树上,刮一场大风,倒替你愁死!哪像我可以有变成两脚妖怪的体面呀。"

又爬了一会儿,他累了。平常都是跳着或游着走的,谁耐烦慢慢地爬呢。不过这次不比平常,是抱着大心愿来的!

小蛤蟆想到高兴处,还振作精神往上爬,忽然几个苍蝇嚷嚷着飞过,他张嘴随迎随即吞了;叶阴处有两只大蚊子赶来要咬他的样子,他看好了,不慌不忙张嘴呼一口气,蚊子都落在他口里。

到了一堆翠绿得同他皮子差不多颜色的叶子底,他仔细地四面一望,原来叶子当中藏了一个一个黄得同待月花一样的圆球儿。从叶子的这一边望出去是一片草地,上面有各种颜色的花朵;那一边望出去,就是那座方方的、稳稳的大东西,他想那里头一定装着他想见的两脚妖怪吧。

"且别慌,先得想一想见了他的时候怎样打招呼……"小蛤蟆强止住欢喜的心跳自语道,"一定得想好了再叫出来,叫错了他怕要生气的。"

"唔,唔,平常大家都喜欢夸奖自己个子大,力量大,比什么都能干,能治服一切东西……"他心口相商了一会儿,这样说也许不致弄出什么错儿来,可是很后悔早先没同妈妈商量商量,她说出来的话多好听呀。

"我说,比什么都大的、都能干的、神通广大的两脚妖怪。"

他谨谨慎慎地在肚里念一遍。忽然想起这两脚的妖怪像是个花号,说出来未免不大恭敬,想了多少个别的字眼都不大合适,末了忽然想到应当显出亲热要好的意思,"我的好爷爷"是再好没有的称谓了。

又跳上一枝,就高了许多,距那座大东西更近了些,看得很清楚了。里面果然装着个披了一身白皮的两脚妖怪。

他又惊又喜地往前望,不期惊喜过度身子反抖擞起来,方才预备的称呼忘得干干净净,只呆呆地往前看。

窝里的两脚妖怪,支直了胸膛,挺了肚子,摇摇摆摆慢宕宕地走来走去自己玩,他上边的爪子抓了一个圆圆的黄球儿,一会儿拨弄着一会儿送到嘴里咬。

小蛤蟆忽看到自己身旁就有那样黄色的圆球儿,就伸头过去咬一口,没想到这一口可把他害苦了。眼睛酸得直流水,大嘴里好像被什么戳穿了一样,又麻痹又疼痛,张了不是,闭了也不是。

恐怕呻吟被对面听见,只好低低地叫苦。他奇怪为何两脚妖怪许多好东西不吃,却吃这样难吃的,终于他忽然明白过来,自语道:"许是能吃这样难吃东西才成了那样伟大能干呢,老公公不是常常教我们不要抢好吃的自己吃吗?"

想到回去后把这件事告诉妈妈,她得怎样惊讶,将来弟弟妹妹嘴馋啰嗦妈妈时,自己就把这件事讲给他听,这是亲眼看见的呵。

那大妖怪忽然蹲在一件东西上,把两条腿垂下来,似乎在歇息的样子。小蛤蟆想这是一个向他打招呼的好机会了,于是他凝神闭气地伸头到叶子上,很温和地叫道:

"喂,你比什么都伟大的、都能干的、神通广大的、治服一切的好爷爷……"

连说两遍那大妖怪并不动一动,大约是睡着了吧。小蛤蟆只好耐着烦等到他醒来再说,伏在树上一会儿觉得肚子有些空空的样子,他冲着近旁的一群蚊子哈了几口气,蚊子纷纷都落到他的大嘴里去,又随意吃了几条爬在枝上的蚀叶虫,因为方才受了两脚妖怪的感化,远些的枝上虽有几只鲜味的青蛙和两个脆皮的草蜢,他没在意。

吃饱了仍然蹲在枝上，凉风送过一阵阵水草的青翠香味，使他想起窝里的快活，妈妈爸爸弟弟妹妹都团在一块，这早晚也许正在分吃一只异味的虾或一条死鱼，吃过后妈妈跟着爸爸一高一低地唱，孩子们绕着圈跳着玩耍。

他抬头望着天上一片一片的像花那么好看颜色的云彩正在那里慢慢地飘来飘去。这像是在水坑面上见过一次的美景，妈妈最喜欢这些颜色了。可惜她不曾来，若来了岂不要喜欢得像上回那样大唱。想到了妈，他又想到回去告诉她怎样怎样来到这个地方，她听了该当如何的惊奇，起先或是不相信，经详细剖明了后，她要喜得搂着自己狂叫……怎样向别的蛤蟆夸嘴，他们都来恭维要好等等，他恨不得立刻就问了那两脚妖怪，好赶紧回家去。

他又恭恭敬敬地照方才样子说了一套招呼的话，对面还是一样不作理会。这一次有些心急了，他跳到近一些的枝上，照样说了两遍，仍不见回话，他才有些疑心，伸了头仔细地望过去。

那大妖怪原来并没睡着，眼睛大睁着不知在看一样什么东西，口里哼哼唧唧的不知唱着什么，两条腿轻轻地摇晃着。他的头上有几个大苍蝇绕着乱飞，作出像围了臭坑子寻虫吃的讨厌样子，大腿上又有两只长腿细足的蚊子，将嘴里的长针狠狠地戳进肥白的肉里，活像叮一只臭气熏天的死耗子一样的丑态。

小蛤蟆实在看不过眼，叫道：

"喂，不快哈口气吞腿上那些鬼蚊子！头上的苍蝇，够多可恶，虽然没什么味儿，吃了倒省得讨厌。"

蚊子在大妖怪的腿上抽了许多血，腿肉上便有十几处一块一块地发红肿胀，蚊子还不知足，随着又在别处肉上只管叮，比方才的样子还来得狠毒丑恶，把小蛤蟆看得心中冒火，嚷道：

"这样可恶的蚊子，不吃也该打死他们哪！"

大妖怪好像才晓得，伸出他的大爪子乱抓乱搔自己的腿，肉上给蚊子叮过的地方更加红肿起来。一会儿他跳起来像生了气，四围找蚊子打，可是蚊子往天花板上一躲，他便找不着了，末了他东张西望了一会儿，奈何不得蚊子，只蹲下拼命地搔自己的大腿，好像藉此出一出怨愤之气。那些蚊子却舒舒服服地踞在天花板上得意洋洋地望着他。

"让我来收治这一群鬼蚊子！"小蛤蟆义愤填膺地叫

了一声,纵身跳进那座大东西里去。望了望只有大妖怪距那些蚊子最近,他想只须爬到他的肩上哈几口大气,蚊子便可以都掉下来。他随即纵身一跳。

不想大妖怪见他跳近身前,便一叠连声地叫喊着只顾躲他,他的两只大腿颤动得可怜。小蛤蟆向前跳一步,他抖擞着不知往哪面退一步好,只管无助地呀呀地哑着声喊,那又呆又无用的神气差些没把小蛤蟆肚皮气破。

"连我都怕得这样?"小蛤蟆气极了叫道,"原来白长这么大个子,笨得可怜呀!"他愤愤地说着一纵身便跳回树枝上,偶尔回头望了大妖怪一眼,却见他嘻着嘴笑向树看,好像得了救似的快意。

"我没有那么傻,还要做你这样的笨东西!"小蛤蟆自语着很不屑地瞪了他一眼嗤了一声,溜下了树,由待月草堆跳到小河里,水面上风光,他也没心理会,只要赶快游回家去见妈妈,出来了好半天,她一定找苦了吧。

游了一半的路,忽然前面来了一只大蛤蟆,一看正是妈妈,他急叫道:

"妈,我去看了两脚妖怪来了,他连苍蝇蚊子都打不过。蚊子咬他,好像吃一只死耗子那么容易,谁说他神通广大,原来只是身个儿大,唬吓唬吓那些没见过世面东西罢了。"他急急地说完又笑道，"最可笑的是见了我都吓得直躲。"

妈妈游到他跟前同他伏在水底歇息，听了却是一些不在意的样子，缓缓答道："宝贝，你哪里懂得这些道理。老公公曾说过两脚妖怪的最难学到的道行是宁可自己受些苦，叫别的东西快活快活。宝贝，我们既做不到就不要胡猜乱说，冤枉了人家。"

"你没有看见他那蠢相呢，哪里是什么道行！那怯样简直差些没把我气死！"小蛤蟆愈说愈急，讲一字差不多要跳一下。

"算了，算了，用得着急成这样？"母亲倒笑了，催道，"你该饿了，这水里没什么可口的东西，还是赶回家去吃饭吧。"

母亲说完带着儿子游水。小蛤蟆看见滟滟一片玫瑰红光的水面上浮着妈妈碧绿色的圆圆凸起来的背脊，可爱极了。

一九二八年夏日于房州

原载一九二九年三月十日《新月》第二卷第一号

凤　凰

吃过中饭，姊姊们夹了书包都走了，爹爹上了车，妈妈换了衣服也出了门。上房便静悄悄不见个人影儿，只有老黑猫团在软椅上晒太阳歇晌觉打呼。

枝儿懒懒地踱到偏院，只见张妈独自坐在床上板起面孔在那里缝衣服，那个爱说话的王妈却跟妈妈出了门了。无聊地挨着房门立了一会儿，张妈仍旧不作一声，这时天井中忽有一只黑鸟飞过，哑哑地叫了几声便停在大树上。

"这黑的鸟叫什么名字，张妈？"枝儿问。

"谁知道！左不过是老鸹喜鹊罢了。"

"你来看看，张妈，它嘴里还咬着一只小蚱蜢。"

"没工夫，你妈要我赶紧做衣服呢！"张妈连头都不转一转，不耐烦地答道。

树上的黑鸟看了一会儿也就没什么可看了。枝儿踏进房内走了一圈，忽见桌上放着一个吃剩的包子，使她想起小黄儿来。

"我拿这个去喂小黄儿吧？"她带笑央求着道。她晓得张妈是不欢喜狗的。

张妈这才微微转过脸来瞟一瞟那半个包子，有气无力地答道："拿去吧。"

枝儿听说立刻拿了包子跑出房门，高声喊起："小黄儿，黄儿黄！"

"喂，我说，"张妈忽然有了气力大声说话了，"不要跑去门房，太太有话不准跟当差的上街胡窜，知道吧？"

枝儿隔窗高声答应了，回身便跳出偏院，口里还喊着小黄儿。

近来在家里除了抽屉内躺着扭歪了脖子的洋娃娃之外，小黄儿算是枝儿唯一的伙伴了，大人们谁也没工夫睬她，三个阿姊上了学堂之后也就口口声声笑话她小孩子不屑理她了。小黄儿原是人家新送来的叭儿狗，它好像也明白只有枝儿肯同它玩，每次当她喊着它的名字，不一会儿便见它纵着灵活的身子，摇着尾巴一步一跳地迎面跑来。枝儿照例把手里的食物故意举得高高的一直往前跑，哄小黄儿喘着气跟着跳。她有时回身站住，让小黄儿站起来作揖打躬，伸出爪子来求讨，他们两个这样玩，每每从前院到后院，由后院转出后花园，种种把戏玩过了，小黄儿目的物才到了口，可是，它常常还跟着她后面走半天。

今天喊了好一会儿，前后院都走遍了，还不见小黄儿出来。跑进后园叫了一周，仍然不见，她已有些厌倦了，忽然花窖后有一只小狗跑进来，她就把包子抛过去。

她顺步走到花窖后，想看一看花匠在那里做什么，才拐了弯，忽见那边的小后门开了。这是谁开的呢？婉儿静儿要求过几次都没开成功，今天却是谁那么能干居然开了这门。

真是不可多得的机会，枝儿想到就赶紧探头小门外张一张，呵呀，门外实在热闹有趣呢！

路上着实有意思：看呵——吱嚼叫唤着推过的是水车，呜哑呜——呜——吹着长喇叭担着盒子过的是卖什么的呢？那是花花绿绿的糖果车子,那是一担青杏和糖浆。可是这边来的老头儿背着什么来了呢？他手里敲着一面小锣,一群孩子跟着那当,当,当的声音走。

老头儿走到一棵大树下就放下背上插满小玩意儿的小柜子,拿出小板凳来坐好,手上的小锣已经不敲了,可是此时孩子们愈聚愈多,团团地把他围起来。

到底他们玩什么呢？快去瞧一瞧呵！枝儿一纵身便跑过去往孩子们里面钻,好容易才挤进去了。

原来老头儿在那里捏东西玩,这倒有玩头。他的小柜子上插着各样的小玩意儿,有花花绿绿穿着戏装的花旦、武生,有碧翠的小西瓜,有带着红冠的大公鸡,有雪白的水鸭子,还有几样说不出名字来的好玩东西,真看不过来呵！这时老头儿已经动手捏东西了。

孩子们的眼都聚集在老头儿手上一块黄蜜色的面。这做什么呢？一撕作两,一大一小,却又连在一起。

"嘻,嘻,要做什么?"两个穿花衣服的孩子睁大眼咧着嘴念道。

"猜猜看!"老头儿拿袖子擦了擦他通红的大鼻子,眼皮也不抬,仍旧做下去。

"有头,有身子,有手,"不知谁高声地念道,"有脚。

鼻子眼睛呢？"

"有鼻子有眼，我晓得，这是个小娃娃吧！"一个很得意的声音叫道。

"小娃娃的嘴噘得这样高多难看，身上也不会长出毛来呀。"老头儿忙忙用竹签弄着一边说。

"我知道，是个小毛猴儿！"一个孩子急喊道。

"做个'猴拉屎'吧？"不知哪个搭这话。

"脏死了！"一个女孩子尖声喊道。大家便很得意笑起来。

老头儿总不作声，又捏起一块红白色的面，把猴儿的双手拉起来捧着它。

"猴儿偷桃吃？"

"这是孙行者偷蟠桃，大闹天宫。"老头儿缓缓地说，拿彩笔着意地描。

"这个我要！"一个小姑娘高声喊。

"我要！"一个男孩子伸手先去夺。

"八个铜子。"老头儿说。钱交过来就交了货。

那男孩子拿了猴儿，高高地举着跳出人圈子回家去了。真可惜，大家还没得工夫细细地看一看呢！孩子们都回过头来狠狠地望着那跑走了的男孩，那先说了要的小姑娘这时差不多要哭出来，眼睛里是水汪汪的。

"没有黄面了，捏个别的东西吧？"

"不，我要那个猴儿。"小姑娘快要流泪了，旁边的孩子就代出主意道：

"捏个红猴儿。"

"不是样儿！只有'红孩儿'，哪有红猴儿的。"老头儿摸着胡子沉吟说。

"我不要红猴儿……"小姑娘颤声叫。

"姑儿别急，有许多东西比猴儿好看的呢。你想想捏什么好，鸟儿狗儿猫儿我都能捏出来，不好看算我的。"

"还是鸟儿精致些。"一个娇嫩声说。

"那么，捏个老鸹！"一个顽皮孩子笑嚷。

"老鸹漆黑的，难看死啦！我不要。我要捏个顶好看的鸟儿，身上长着各式各样好看的毛的。"

"那么，捏一只凤凰，包管对你的心。"老头儿说完就把面前几个小抽屉都打开，他匆匆在这边揪一块红的面，那边揪一块绿的面，还有蓝的黑的白的一霎时都揪出来，一只手飞来飞去不知弄了多少块颜色面了，凑到一齐又把它分开，只见用过竹签子剔弄又用彩笔描画，不多会儿，真的做出一个花花绿绿的拖着长尾巴的鸟儿来。

"不好看算我的!"老头儿掷下点眼睛的黑笔,得意地歪头看一看,又用铗子在鸟的头上捏出一个鲜红的冠子。

加上个冠子更出色了,若不是亲眼看着他拿各样颜色面捏出来的,谁也不相信这是天上打发下来的神鸟呢!孩子们正在咧开嘴欣赏着,那小姑娘唯恐再失掉机会,赶紧把钱递过去,把面鸟夺过来。

"别跑呵,让我们也看一看,没人抢你的。"

小姑娘见旁边许多孩子这样喊,只好高高举起来站住。

越细看越好看,满身华丽的羽毛不说了,还有那长尾巴,像一把花折扇一样打开了,那小黄嘴、小红冠子,衬上漆黑的小眼睛,咳,真真可爱!

枝儿与大家正望着啧啧地赞赏,那老头儿开口道:"谁还要做?"

同时有三个声音叫道:"我要!"枝儿也喊了。

"要三个吗?好,我一齐做三个出来。"老头儿说完把发光的小眼睛擦了擦。他的手像变戏法的样子,一霎时红的绿的黑的白的面块都捏到手里,签子铗子如飞的动作,谁的眼跟得上他的手那么快呢?不一会儿,果然捏出三只一模一样可爱的鸟儿。

"谁要? 快来拿!"老头儿微笑举起来示意。

"我说要的!"两个孩子欢叫着把钱数了交过去,就把面鸟夺过来。

"这个我要的!"枝儿连忙挤向前面喘着气伸出手来接。

"钱呢,小姑儿?八个子儿一只。"老头儿见她手里没钱就板起脸说。

枝儿这时才知口袋空空的拿不出钱来,脸上急得通红,可是她说:"妈出门了,等妈回来给钱。"

"家里有老妈妈和当差的可以要钱的吧?"老头儿说。

"妈说过不准跟他们要钱花。妈回来我一定跟妈要来给你。"枝儿颤声地央求,眼看拿不出钱来,那个可爱的宝物就不能到手,她真急坏了。

老头儿还没有答话,只紧紧捏着那面鸟不放,这时站在枝儿背后穿黑背心的男人已掏出钱来递过去,说道:"小姑儿,我给你买了吧。"说着他把那面鸟放到枝儿手里。

枝儿赶紧接着,也不知向那人说什么好,说谢谢吧,那是陌生生的人,怎好意思开口呢?她想着红了脸低头站住。

这时老头儿已经把柜子背起来,敲着小锣去了。那群孩子有散的,有跟着走的。

"你几岁,叫什么名字?"那人拉起枝儿的手笑呵呵地一边走一边问。

"六岁,叫枝儿。"枝儿答,她不知不觉跟着这人走。

"家住在那里是不是?那个小门是后园门吧,总不见开的。"那人回手指枝儿出来的后门道。

"对了,常常锁起来的。今天恰巧开了,我打那里跑出来玩,谁都不知道。"枝儿说到这里自觉很得意,心想一会儿跑回家去告诉婉儿她们在这里看到什么,够多有趣,这手里的面鸟也够她们眼红了吧!

他们领着手一边走一边说话,他很亲热地摸着她的辫子,夸美她的头发,又打听她家里有什么人,爹爹做什么事。

枝儿都据实告诉了,但提到爹爹做什么事,她只能说出他每天早起出门办公事,中午回家吃饭,吃过饭连忙又得去,直等到姊姊们下了学才又回家,大家都坐在一起吃点心,有时妈还做咖啡或是蔻蔻茶。

　　说着不觉已经走出胡同口,另转入一条小街。那人从口袋掏出一把花生仁笑眯眯地让枝儿吃。

　　"妈不叫在外边吃东西的。"

　　"吃几个不要紧,妈又不在跟前。"

　　花生仁香味的引诱力到底比什么都大,枝儿伸手接过来。

　　吃着喷香的花生,拿着顶爱的玩物,枝儿此时快活极了,已经看不见那小门,更想不起回家的事了。

　　"你有没有好朋友?"那人问道。

　　"什么是好朋友?"

　　"好朋友就是顶喜欢你,顶喜欢同你玩的人。"

　　"妈妈是我的好朋友。"

　　"妈妈是妈妈,不能算好朋友。她也没有闲空陪你玩耍,你还有许多姊姊呢。"

　　"婉儿姊没上学的时候,我们天天一起玩,上了学堂,她就不理我了,她同静姊姊常常藏在一起玩,我走去,她们就叫我走开。"

　　"你可怜得很,我做你的好朋友吧!我顶喜欢同你玩了。"

枝儿在家里原是闷得慌,哪里有人同她说这种亲热话,她喜欢得不知怎样好,只觉得快活得快要流出泪来。

"你喜欢我做你的好朋友吗?"那人见枝儿默默出神望着他,笑问道。

"你是我的好朋友!"枝儿还有些不好意思地答道。

"往后你就叫我好朋友吧。"那人很快活地笑着拍枝儿的背说。

说着说着,转弯抹角地已经走出小街,那人问道:"你看见过真的这样的凤凰没有?"

他见枝儿摇头,接下说道:"我带你看去,我家里有一只,可比这面捏的好看多了!"

"真的吗?"枝儿惊喜地喊,"真的有多大?你带我瞧瞧去。"

"哼,真的凤凰比你还要高一点,那把尾巴张开了像一棵小树一样大,上边的毛可比这假的美得多了。你想看,我就带你去,可是你得乖乖地跟我走路,不要一会儿又吵着要回家。听明白没有?"那好朋友满面带笑又说,"因为你是我的好朋友,我才带你去看呢,别的小孩央求我多少回,我都没答应。"

"我是家里顶乖顶听话的,哪个姊姊都比不上我,张妈常常说。好朋友,你带我上你家去。"枝儿央求道。

好朋友满口答应了。又转了一个弯便是大街,这路上的是许许多多新奇东西,真叫人忙不过来看!叮叮当当走过去是洒水的大车,嘟,嘟……飞似的穿过去的汽车,那一长队穿着黄裤褂,帽上挂一大球穗子,吹着喇叭打着鼓走过的是什么人呢?这边那边窗户内摆着奇奇怪怪许多物件都是什么用的呢?那些人们都是忙忙碌碌地走路,毫不要看,也真奇怪呵!

最使枝儿快活的是好朋友真好,他凡问必答,他是什么都懂得,永远没说过一句"谁知道"或是"打破沙锅问到底"!

说着话不一会儿已走完一条大街,走进一个大门洞,车马行人来来往往的很多,据说这是城门洞,晚上等城里的人都睡了觉就把它关起来。

城门洞外面有一条哗哗流着水的河,这一边有几只大船停着,那边有几个小船撑来撑去,那些船只有洗面盆那样大小,可惜看不清楚那撑船的是多大的人儿,也许都是小娃娃吧。

"小娃娃哪能撑得动船呢!船走远了就显得小了。"好朋友给她解说道。

河上有条长桥，上边走来七八个毛茸茸黄色的像马比马大腰背驼肿的东西，后面有两个满面灰黑、穿得破烂像要饭样子的人赶着走。呵呀，走近前去，真吓死人呢，那东西比马难看得多，那长长的毛腿，提起来踢一下，可了不得！

怕，怕，枝儿心跳得狠，拼命地紧握住好朋友的手，往桥的一旁躲。

好朋友一手扶着她的肩，一手遮着她的眼，嘱咐她不要怕，这是骆驼，有好朋友在身边，什么东西都不用怕，他敢打骆驼——若是它咬人。

提心吊胆连眼都不敢睁地走过了桥，耳边听不见那怪东西走路的声音了，枝儿这时倒觉得有些可惜，方才怎不看一看那怪东西眼里冒不冒火，鼻孔喷不喷烟呢！也许这就是故事里说的怪动物，小王子骑了去寻宝物的。

她对好朋友讲了那故事，好朋友答应了将来也弄一只给她骑，寻到宝物回来，她就变成故事里的小公主了。

面前是条大路，两旁都是高大的树，树荫底下走着，微风阵阵吹来，舒服极了。树上吱吱喳喳缓缓地飞来飞去的是什么鸟呢？叫得这样好听也没人要捉它们。

"你不累吧？快到了。"好朋友望着她问。

"不，"枝儿摇摇头接下说，"唱得很好听的这都是些什么鸟呢，也没有人看着。"

"这样鸟多着呢，谁都不要。我家里要多少有多少。"

"你那只凤凰会唱吗？"

"会！什么都会唱，有时高兴还飞起来绕着我唱呢。它满身的毛比缎子都鲜亮，飞起来别提多好看！"

这更有趣了。她脑中立刻浮出一幅好朋友立在中间，一只彩鸟绕着他飞唱的图画。

"你的凤凰谁给你的？"她想这大约是神仙给的了。

"我自己到山里捉来的，什么时候我带你去捉一只。他们大人都怕同小孩子出去玩，嫌小孩子麻烦，我倒不是，若是小孩乖，听我话，我顶喜欢带着去玩的。"

他这一片话直灌入枝儿小心窍里，他实实在在太好了，能干，和气，爱小孩，要求什么都舍得给，除了在故事里说的仙人外，简直没有看见这样的人，也许他就是仙人吧。想到这里她觉得既不敢问一句，连头都不敢抬起看他了。

一大半是喜欢过度一小半是害怕，她觉得自己身子有些轻轻的要飘起来，眼里看东西都不大清楚了。这树林子,这草地野花,那远远的茅屋河桥看来都有些像童话上的彩色插图,有几幅画是小王子遇着仙人的,眼前光景真有些像,可是她不能往下想了。

正在迷糊地走着,忽然好朋友一撒手往一边飞跑了去,后面有很熟的声音喊着赶过来:

"可找着了! 快同我们回去。"

枝儿朦胧地听见这话,正在犹疑,只见王升已经一把抱起她。

"可好了!快跟我们回去,太太不依我们呢!"花匠满头是汗喘着气喊。

枝儿仍旧不作声出神地望着他们,他们俩大声地拉着她的耳朵问道:"认识我们吗? 小姑儿,小姑儿! "

他们俩发了狂似的怪喊,王升便抱她上了坐来的汽车,花匠也上了自行车,枝儿这时好像睡醒过来似的,看清楚眼前确是换了人,是王升和花匠,好朋友不见了。

"好朋友呢? "枝儿急问。

"回家去,什么好朋友!"王升听明白她的话,却这样大声嚷着答。

"我不回家,我要去……"枝儿带着哭声要求,她拼命地挣扎,想从王升身上跳下来。

"哼,便宜那小子了! 她还没醒过来,怎好呢! 小姑儿,别怕,别怕,我们回去……"王升一路仍旧高声怪嚷,时时还使劲揪她的耳朵叫她名字,问她认识不认识他,由他喷出来旱烟的臭味,熏得人作呕,真讨厌极了!

　　原载一九三〇年三月十日《新月》第三卷第一号

弟　弟

　　一个下午弟弟独自蹲在饭厅的一张椅子前头数纸烟筒里装的小人画《水浒传》里的一百零八个像，还差好多张，连武松、鲁智深的都还没有，哪能比得上王家哥哥存的那一盒子全括？

　　"来一张武松打虎，再来一张鲁智深大闹山亭。"他把一张张的小人纸摆开，口里喊着没有的名字。

　　"你的《水浒传》很熟呵！"忽然门推开，林先生进来满面带笑道，"剩你一个人看家吗？"

　　"都出去了，林先生。……还短一个黑旋风李逵，一个一丈青三娘教子。"弟弟受了称赞，更想卖弄一下，声音提高了些。

"这个可错了，一丈青扈三娘可不是三娘教子的三娘。"林先生挨在椅子上，一边看着小人画说。

"怎样不是那扈三娘？"弟弟有些不服气。

"一丈青的三娘是会打仗的，三娘教子的三娘是文的，她不是教她儿子念书吗？"

弟弟想到大前天白叔叔带他看的三娘教子，脸有些不好意思了。他一把捡起椅子上的小人画，一张一张掷进一个盛饼干用的铁罐子里，口里嘟囔着：

"白叔叔答应给我送小人画来也没来，妈妈说叫三舅舅替我留起小人画也给忘啦！"

"好弟弟，明天我同你上书铺买一套带画的《水浒传》去吧。"林先生笑望着弟弟噘起的嘴，那尖尖的可爱的红润小嘴唇很像他的二姊。

"我二姊那天教我看她的《水浒传》，那上边的小人没有颜色的。"他忽然想起说道，"我不晓得还差多少张，你替我看看。昨天大姊说差几张让他们的小叔叔分一些给我。"

"我也不大记得清楚，找你姊姊那套《水浒传》来，我教你对对看就知道还差多少了。"

"姊姊书房的书多着呢，你同我去找吧。"他站起来往东边屋跑去。林先生在后边跟着。

他们在四个书架子都找过了，找不到《水浒传》。弟弟正在着急，林先生忽然同他说：

"想起来了，我有个朋友在南洋烟公司办事，明天我找他替你要一张全套《水浒传》的小人画不好吗？"

"你得要全一百零八个像的，可别少了一个啊！要了来我挂在床上。"弟弟高兴得紧拉着林先生的手，那双带着可爱长睫毛的大眼发光地向着林先生。

林先生在注意看着墙上的相片——妈妈同大姊小时照的，爸爸穿着礼服站在中间。弟弟的五张小的贴在一个镜框里，很好看地摆着。弟弟在旁边很有趣味地指着相片给林先生讲说。

"姊姊抽屉里还有你的相片。你那张照得不好，脸上很黑的。"弟弟忽然想起来说。

"你看错了，不是我的相片吧？"林先生很喜欢可又不信的样子。

"是你的，那天我看见姊姊从那本报上剪下来的。不信我找给你看。"他说着就去拉开姊姊书桌底下一个抽屉。翻出一大沓从报上剪下来的字纸堆在桌上，末了找出一块有花的硬纸片,笑让林先生瞧。

"是我吗?"林先生赶紧跑过来拿过相片来看。

"这个脸照得太黑,不像你。我喜欢这块纸,这些花多好看,都是姊姊画的。那天我问她要,她不给我。贴上这一张相片,多难看呵!"

弟弟见林先生不作声地笑着出神看相片,他知道他也喜欢那块花纸。

"这张纸多好看,可是你别拿走呀。"他见林先生拿着不放下来,不免有点害怕,说着他就夺过来仍旧放在抽屉里边。

"你看这堆纸都有你的林字,这是姊姊天天从报上剪下来的,不知她留着做什么。给她放好了吧,你别看了,这上头没有画的。"他从林先生手里夺过那一沓的字纸放在抽屉里,拉着他出了书房,嘴里说着,"咱们出去吧,妈妈不让我在这书房里玩的。"

"姊姊同妈妈一道回来吗?"林先生同弟弟坐在饭厅的大椅子上。

"她们说得五点钟才回来,你等等她们吧。爸爸可是要到黑了才回来呢。"弟弟张着自己的小手戴着林先生的手套弄着玩。

"好，你同我谈谈天等她们回来。"林先生划着火点上一根烟，一只手轻轻地抚着弟弟的头，又说，"你姊姊天天晚上做什么？你一定听她讲不少笑话了吧？"

"从前吃过晚饭我就拉她说笑话，这些日子，她懒得讲，晚上常坐在屋里看报，有时拿着报纸剪着玩。刚才抽屉里那些都是她剪出来的。"他闭着小眼望着烟卷冒出的烟。忽然又记起小人画，他的小身子挨倒在林先生臂上，笑着叮嘱。

"明天你可别忘了去给我要小人儿的画呵。"

"一定不忘记，若是要着，我立刻拿来送给你。"他搂抱着他。

"你真是我的好朋友，林先生。"他想到修身那一课"友爱"。一个人待那个人好就是一个好朋友——上礼拜张先生讲的。

"你也是我的好朋友！"他笑着问，"你明天让你姊姊给我一张方才看的那样的画片行不行？"

"那张可不能给你，她看都不许人看的。我央给她画一张新的给你吧。"

"你姊姊不许人看，你怎知道有我的相片呢？"他伸伸腰半躺式地挨着大椅。

"昨晚上我走进去叫她替我在红模纸上画圈儿,那个抽屉正开着,我看见了。平常她不许我翻抽屉的,今天我们偷着开她的抽屉,你可别告诉一个人呵,好朋友!啊,姊姊晓得要生气的。"

　　"告诉她们我看见那照片不要紧吧?"

　　"可别——昨晚上姊姊看见我看那抽屉,她立刻就关上,告诉我以后不许偷看人家的抽屉。"他说着有些怕起来,"你答应了不要告诉人说我开姊姊的抽屉呵?"

　　"不要紧的。"林先生好像很平常地答。

　　"不,你起一个誓,你要说了你是什么呢?"他接着道。

　　"说了就不是好朋友。"林先生笑应着甩了手上那支烟头。

　　弟弟才很高兴地哼哼着学堂的唱歌。老杨忽从厨房喊着:"张妈,太太小姐不回家吃饭了。"

　　张妈走进饭厅来笑道:

　　"原来小少爷在这里同林先生谈天呢,我还老等他去洗澡。林先生来了我们都不晓得,茶还没有倒吧?"她转身要去倒茶。林先生掏出表来,连忙止着道:

　　"别倒茶吧,时候不早了,我这就得走。"他说着就站

起来穿大氅,拉着弟弟的手说,

"再见好朋友。回来替我问爸爸妈妈好。明天我再来。"弟弟也站起来。张妈吩咐:

"小少爷,送林先生出去。"

弟弟送客出了院子,他很恳切地又叮嘱一次:

"你明天一定拿小人儿画来呵!"

"好,明天礼拜六姊姊不上学吧?"林先生忽然问。

"她礼拜六没有课。你来可不要告诉她我开她的抽屉。"

"好朋友,再见!"

"再见,好朋友!"

第二天弟弟散学后, 连白叔叔带他去公园都不要去,坐在饭厅里看《小朋友》等林先生。

一会儿门铃响了,他喜欢得跳出去,大姊夫和大姊来了。

大姊拉着他的手走进客厅, 爸爸妈妈都在那边,大家坐下谈话。弟弟想起了小叔叔可以分一些小人儿画给他的话,只来回地在大姊身边走动,他又不敢问一问。妈妈告诉过,大人说话,小孩子不许搭茬的,只好等着。

"我们今天给林先生做冰人来。" 听大姊提到林先生,弟弟才提起精神来。

"唔。"妈妈正在抽烟,一支纸烟完了,见弟弟在旁边,便叫他拿去。

拿回纸烟来,还挨在大姊身边,只听爸爸说:

"我们没有什么,只要你二妹妹同意。"

弟弟听着摸不着门儿,什么冰人哪,同人哪,门当户对的什么哪,这些话都不是他的言语里所有的字眼,哪里耐烦听下去?忽然想起小人儿画,还跑到饭厅等林先生去。

一本《小朋友》又看完了,林先生还不来。他索性爬在靠窗户的桌子上,守着院子看,哈气在玻璃上,用手指头画着各样东西玩。

他画了猫,狗,耗子,长虫,都不很合意,后来画了一辆大汽车,像得很,连开车的一手扶着轮,一手按着让路钟都画上了,里头还坐了三个人:爸爸妈妈和二姊,二姊戴着她的绒绳帽一个大绒球歪在脸的一边。

他高兴极了,正想跳下桌子拉人来看看,忽然二姊走进客厅,一会儿就掀帘出来,他赶着大声叫道:

"姊姊你看我这汽车!"

二姊却似乎没有听见,没答应他,脸上涨红,好像生气的样子,下了台阶,一直往自己屋里跑。

太阳下了,他的好朋友还没送小人儿画来,正想走到厨房看看解闷,妈妈喊他:

"弟弟,大哥大姊要走了,你来送送。"

"姊姊呢?"弟弟奇怪为什么她不出来,因为每次都是他们俩替爹妈送客的。

"她躺着了。二妹妹虽然是学堂出来,还是这样不大方。"妈妈转头向大姊夫说。

弟弟陪客下了台阶,一边自语:

"怎么林先生还不送我的画儿来呢?他说了今天来的。"

"林先生哪里想起你的画呀,他只想你姊姊的画了!"大姊夫笑着说。

"姊姊的什么画儿呢?"他不懂得说的什么。但是从大姊夫的笑样子看来,有些奇怪。他们今天来说的话也不大懂,常提起林先生同姊姊。有什么事呢?

弟弟忽然脸上热起来,想道:"坏了,林先生一定把昨天我开开二姊姊抽屉的事情告诉他们了。他们来告诉妈妈吧?什么姊姊的画?怪不得姊姊方才生我的气。"

他愈想愈怕!送走了客人,也不敢进妈妈屋子,在地上拾起一根木头,拿起来,在饭厅门口走来走去装巡警玩。

晚饭时,姊姊只低头吃了一碗饭,话也不说。他没有猜错,姊姊方才气了,若不是,怎么吃得这样少,也不同他说话呢?他后悔极了,"别是大姊夫真的来告诉她们我昨天偷开她的抽屉了吧?"

吃饭时,妈妈很起劲地同爸爸商量德义馆好或忠信堂好,什么多少人多少钱的一份地算计着,吃完了饭,也不同弟弟说话。

"妈妈也生我的气了,今晚连菜都不给我捡,也不搭理我。"

他一声不响地低着头走出去,心想这都是林先生不好,"弄得姊姊妈妈都生我的气。起了誓也不算的,不是好人,再来,我不理他。"

第二天是星期天,他好容易盼了六天的早十点真光的学生电影,姊姊也没带他去看。每个星期天早都同他去的,这次一定很气他,所以取消了。妈妈早上很忙地吩咐厨子做点心,他开不开盛玩意儿的柜子,喊她也不答应,吃过午饭上东安市场买东西也没带他去,他白戴帽子在院子等,还被厨子笑话。

"都是他害的,弄得妈妈姊姊都不见我好了。"他恨恨地又想起林先生。

妈妈买了许多一包包的吃食东西回来。她吩咐厨子做饺子馅,煮馄饨汤,又忙着打电话。张妈告诉他在妈妈身旁帮拿东西,他刚刚跟着走出去一次,又跟了进来,妈妈忽然理会了,吩咐他:

"出去玩吧,别在这里挡道儿。"

妈妈向来没有不理过他,见了不耐烦的事儿,更不曾有过。他委屈得要哭出来。

四点多钟,黄升来报客来,弟弟连忙跑出去看,原来是大姊夫、大姊和林先生。林先生手里拿着一大把花,一个大纸包。

"他又来做什么呢!"弟弟厌恨林先生地自语。忽然一大张花花绿绿闪金子光的《水浒传》小人儿画现在脑子里,但是一霎时便不见了。

"好朋友,昨天我没空儿来,你等我了吗?"林先生笑着喊他。

"谁是你的……"弟弟很委屈地在嗓子里讲着这几个字。脸上飞红,回身便想跑开。

"弟弟,过来。"倒是大姊一把拖住他。

"你红什么脸，二姊派你做代表吗?"大姊夫逗他笑。

"我给你带了小人儿的画来了。"林先生也拉着他的小手。他红着脸装不答理的样子。

"一张是《水浒传》一百零八个像，还有一套《封神演义》，都是画得很好看的画。"林先生说着，就递给他手上一个纸卷。

"你打开看看就知道了。"

他的脸涨得更红一些，摇着头一摔手就想跑。

"这是你喜欢的小人儿画——拿着吧，我们俩是好朋友，不要客气。"林先生又递纸卷给他。

"不要，你不是我的好朋友。"他的话带着哭声。纸卷已落在地上。他使劲摔脱了手，跑向小院子去。从背后望他一对大耳朵，涨得很红。

张妈正从小院出来，他见了一把抱着她，便呜呜哭起来。

"谁欺负我们的孩子了? 好乖乖，别哭，上房看新姊夫去，还有好东西吃呢。"张妈很怜惜地轻轻摸着他的头发。

原载一九二七年一月一日《现代评论第二周年增刊》

小　英

　　自从三姑姑的婆家送了好日子来,小英每天早上总忘不了拉着她妈问:"还有几天三姑姑才做新娘子?"或是说:"妈妈,三姑姑怎么还不装新娘子?"早上妈妈事情忙,给她问腻烦了,常笑说她:"你着急什么,又不是你做新娘子!"

　　打杂的张妈常说,其实小英着急问这事并不算奇怪,她还不能算六岁,到今年四月才满五岁,比表姑太家阿圆还小两岁呢。那一回,阿圆坐在屋里吃午饭,听到街上过新娘子的吹打,就跳着跑出大门看去,还碰倒了她爸爸的好几十块钱买的金鱼缸呢。

大坊桥王家看孩子的吴大妈也是常说她们家的孩子大的小的都犯一样毛病，闷在家里就整天哭闹打架，带出去在那家花轿铺前头玩就好了。那群小乖乖都爱看花轿和那些花花绿绿的执事，有时还在铺子前头装娶亲玩。

小英听说三姑姑是要装文明样儿的新娘子，同张阿姨一样，她脑子里早就想到三姑姑头上蒙着好看的粉红长纱，一直拖到脚后跟；身子穿着好看的花衣服，手上抱着一大堆鲜花；许许多多穿新衣服的人送她进了一辆挂满红红绿绿好看东西花马车里。前边排着乐队、打起洋鼓、吹起洋号地伴着花车走，一路大人小孩子挤着嚷着看新娘子。

有一晚上小英做梦，见三姑姑装新娘子向着她笑，把她倒笑得羞了。

祖母天天出门，回来时洋车上装满了一包一包的东西，阿三把东西提到祖母卧房里去，母亲和张妈帮着一包一包地解开。小英必定站在旁边很羡慕地看；祖母一边抽烟，一边诉说这套梳子买得巧，那面镜子找了好几个铺子；母亲一边看一边啧啧地向三姑姑夸赞。桌子上堆满了一大堆崭新的物事，常把小英的眼看花了，不由得动手去摸摸,母亲常瞪她说:"你动不得,站好了看。"

裁缝天天抱着一大包新做好的衣服送到祖母房里,小英常跟着进去。三姑姑站在玻璃柜前面试穿新衣服,有粉红的、有淡绿的、紫的、花的、镶着金边银边同各色花边的,小英看得妈妈叫都听不见了,挨在祖母身边只说:"多好看!多好看!"老太太看她那副羡慕神情,便搂着她笑问:"你也想做新娘子,是吗?"

好了,今天妈妈告诉小英,还有三天三姑姑就做新娘子了。

家内各人更忙起来。早上爸爸去衙门转个圈儿就回来忙着吩咐事了;未来的三姑丈也时常来,笑嘻嘻地冲着人;三姑姑也不出门,整天躲在房内收拾东西。

好容易忙过三天。这天早上家里各人都比往常起得早,母亲同小英换上一身新做的粉红衣服,小英跑出跑进地看大门前的扎彩。门口的板凳坐满了人。吃了午饭不多时,花车军乐队都到了,客厅里,祖母和姑姑的房里也满了客人。一会儿奏起军乐,大家拥着三姑姑出来,她果然也同张阿姨一样,披着长纱,抱着鲜花,上了花马车了。

小英跟着母亲到了礼堂,三姑同三姑丈上了一个高台对着底下鞠了几回躬,有两个有胡子的老头不知站在当中说了些什么话,一会儿大家下了台,客人吃了茶点,三姑姑便坐了花马车走了。小英跟着祖母父亲母亲等客人走完了才回家,那时已经快近天黑。

晚上舅舅和舅妈、大姑妈和姑丈都在家吃饭,人虽多,总觉不出热闹。祖母时时望着三姑姑卧房的门帘出神,大家说话常常听不见。

晚饭后祖母吩咐大家早些休息,张妈就领小英去睡。

可是奇怪,今晚她躺在床上,过了些时,老是睡不着。她一会儿想起三姑姑打扮得真好看,耳边还隐约地听见那热闹的音乐;一会儿她又记起吃茶点时看见的那个吓人的老太婆,脸生得直像一个南倭瓜;那两只眼,看人的时候,比大街口那个宰猪的还凶。母亲叫她同这个老太婆叩头。老太婆一把拖住她,现在她的肩臂上还有些痛。不懂母亲为什么要她向她叩头。

"咳!"她重重地叹了口气。

张妈正在隔屋同母亲铺完了被窝,听见声音连忙走过来问:

"乖乖,还没睡着吗?"

"你来,张妈!"小英作出撒娇的声音,"我怕得睡不着。"

张妈坐在床边拉着她的小手说:"怕什么,睡吧,乖乖!"

"我怕今天看见的那个穿红裙子的老太婆——同奶奶坐一块儿的,她的样子真难看,比隔壁朱大娘还凶!"

"别胡说,"张妈忙说,"奶奶听见要骂的。那个就是三姑姑的婆婆。快点睡吧!"

小英紧紧拉着张妈手:"你别走,我就睡。"她闭上眼想睡。

奇怪,还是睡不着,耳边隐隐听见音乐,三姑姑又是披着好看的粉红的长纱、抱着一大捧花站在面前笑,她被看呆了,不由噗哧笑出来。

"这孩子今晚怎的了!"张妈自语道。

"三姑姑打扮得多好看!"她把夹被拉了拉,似乎带羞地问:

"张妈,你想我还有多少日子才做新娘子?"

到了第三天的早晨,因为夜里母亲告诉小英第二天早上父亲带她去接三姑,她在天没亮就醒了。客厅和堂屋早就收拾好,祖父的神位前也点了香烛,供了鲜花果品。太阳满了窗户,父亲雇了辆马车,母亲连忙同小英换了新衣服,父亲领着上车了。

今天出门她不像平常出街的快活,因为她知道一会儿便又要去同那个吓人的老太婆好好地行礼,这是奶奶妈妈嘱咐了又嘱咐的话。坐在车里,她觉得不舒服,头上的丝带好像扎紧了有些痛,身上又像有蚤子咬得发痒。她平常不爱说话,家里人都说她老实,每天大约只向张妈或母亲问些话,她们事情忙,没空儿答她,她也就罢了。父亲整天不在家的,她见了他总有些怕,哪敢说话。

马车进了一条胡同,在一家大门前停住。门口站着两三个穿长褂的男人,见车停下,那个胖子立刻上前开车门,迎着父亲面就是请一个安,嘴说着"请进去"。

这当差的把他们带进一间大厅子里,这里摆饰比家里有些不一样,桌上墙上虽是满满地摆着挂着,却没家里妈妈收拾得好看,地下又没有那大地毡同那舒服的坐垫子。

茶送进来,小英正发愁怎拿那笨大的盖碗喝茶,大前天看见的那个穿红裙的老太婆扶着三姑姑,后头跟着三姑丈进来了。父亲站起来,小英立在一边。

彼此行完礼,让坐又费了一些时光,大家坐下吃茶说话,三姑姑却站在一边,后来还替那老太婆装烟袋。小英想:"装烟,姑妈的秋杏才做这样事。"

她和三姑姑、父亲坐车回到家里，大家迎上堂屋去了。小英就走去找张妈解头上的丝带。

一会儿小英走进祖母卧房的后面小屋子找东西，从门缝里望见三姑姑拉着祖母的手坐在床上哭，一边说："三天都是站着，腰脊骨都酸痛起来，他们晚上打牌到一两点都不睡觉，我也伺候到那时分……吃饭也不许坐到桌上吃，女婿同他母亲坐着吃，叫我站在一边伺候，这是什么道理？"三姑姑说着，祖母搂着她，叫她躺下歇歇。

"我还没脱衣服啦，"三姑姑说着重坐起来解纽扣，"她们，几个小姑子昨天还说我做的衣服太老帮，婆婆说这料子不知放了多少年的，这样老憨花样。"

小英听得不耐烦，想："三姑姑的衣服还不好看？老太婆穿的绣花裙子要让妈妈穿上才好看呢，怎会叫她穿到这样好看衣服？"

祖母也擦泪，说话声音太低，听不出来。

母亲由后院过，招手叫小英出来，吩咐她到自己屋里玩去。

吃午饭时，祖母和三姑姑的眼都红红的。她们吃了半碗饭便放下了，父亲也只吃了一碗。预备的许多好菜都没吃多少。

下午太阳还没下去，三姑丈来了，说是接三姑姑回去。

不知因为什么，小英很不喜欢三姑丈的样子，她想起那个可怕的老太婆——就是他的母亲，那个母亲待她姑姑很不好。

"母亲说没下太阳前就回去，你快收拾走吧。"三姑丈向三姑姑说。

小英望着三姑姑默默走去洗脸，搽粉的时候，眼泪一滴滴流下来。

合家快快地送三姑姑上车走了。

母亲出门买东西，祖母躺在床上拿手绢盖着眼睛睡。小英也觉冷静得难过，走到下房看张妈补袜子去。

她翻着张妈的碎布包找好看的零碎布片，也盘腿坐在床上。一会儿她找出一块尺来宽的大红绸子，说：

"这块给我好罢？"

张妈看了看红绸说：

"啊，这块好，美得很，替你的娃娃做一件做新娘子的衣服罢。"

听说"新娘子"三个字忽然触动她今天好久要说没人可说的话。

"张妈,今天奶奶哭了,你看见没有?三姑姑也哭了,
她为甚么哭?"

　　"因为她舍不得离开家,舍不得离开奶奶,舍不得离
开你。"

　　"不是。"她想了一想才说,"她是怕那个老太婆,一
定是那个老太婆欺侮她了。"

　　张妈向她瞪了一眼,她不敢再说了。可是从张妈的
脸色,她知道她没有猜错。静默了一会儿,她一面弄那块
红绸子,一面又开了口:

　　"张妈……"

　　"唉?"

　　"三姑姑不做新娘子行吗?"

千代子

　　自从支那料理屋的小脚老板娘来了之后，这京都市外不景气的大文字町的人们，尤其是女人及小孩子，忽然显得格外有生气起来了。没有看见顶不肯白费光阴的酱油店的老板娘天天早晨站在鲜果店门口同他们的老板娘吱吱喳喳的，又说又笑吗？糖果店的大女儿似乎也因为有了有趣的新闻，特得了家长的体谅可以向对门木炭店的二掌柜公开地挤眉弄眼地谈笑了。孩子们更像忽然发现了什么奇迹一般。下了学哪一天不是三三五五成群结队地走到料理屋左右，交头接耳地嬉笑，嘴里嚷嚷要见老板娘呢？有时等急了便大家拉了手成一个圈儿转着走，口里唱"呛——呛——呛——小脚儿呛，南京呛"，再不见出来，淘气的孩子便大声唱"南京姆士呛——"直到料理店的伙计小顺出来开了嗓门，提起山东调子嚷了几句，还得张了胳臂赶小鸡那样——嘘，吓，嘘，才把他们算是轰走了。

这些鬼灵精的孩子们有时还不甘心走，他们一个一个回头向小顺做鬼脸，学他的声调说："伊奴，八哥，八哥，伊奴。"女孩子就放声叫："南京姆士，小脚儿姆士。"有一回不知是哪个女孩子提高嗓子叫道："南京小脚儿伊奴八嘎！"大家哄然放声地笑，于是大家高声叫喊。料理店的老板看血本的分上当然犯不着赌一口气给孩子们闹关了门，常常倒转过来喊小顺儿别同他们胡闹。"君子不同小人斗"这样的话一说，血气方刚的小顺就平和了许多了。

这一天孩子们又起了一会儿哄，见没有闹出什么花头来，有些便无精打采地走回家找糖吃，有些拉了学伴跑到神社前的空地上抛球捉迷藏去了。

大人们看着孩子们的起哄，都咧着嘴笑，这兴头比赶除夕的八坂神社的庙会差不多吧。本来呢，京都市民是出名的和蔼有礼的了，他们为了他们的令誉，对支那人原也是一团和气,绝不像那暴发户的江户儿见了死老虎还要打几拳才痛快。可是自从上海之战以后,支那虽受了相当膺惩,但不幸的是日本健儿也送掉了不少的命,禁不得各大日报天天用大号字登载前方消息,用大号字载着国难的社论,尤其是那挂着铃铛飞跑的送号外人,常常在半夜把大家从温暖的被褥中闹出来给与一种永远不忘的又惊喜又愤慨的消息。这样种种熏陶习惯,近来这古道的京都人已多少变更了性情了。

孩子们分散之后,街上忽然冷清起来。吉田鲜果店的老板正色地向他的朋友中村君发议论道:"无怪乎上星期公论堂那个演说的讲,支那人,男的是鸦片烟鬼,女的一多半是瘫子,那三寸的小脚儿,你想她能做什么事,这还是我们日本人没有拿准主意,在上海若是连着打下去,还不灭了他的国吗?"

那个朋友也记起先时主战派的演说,讲支那人怎样怎样没有希望,灭她真是容易的事了。他也是受了报纸熏陶的人,当然也同意朋友的议论,他笑答道:"如果我们去年什么都不管,打下去,此刻你我都可以放量吃支那料理,玩支那女人的小金莲了。哈,哈哈。"

"什么,你们要玩支那女人吗?"老板娘脸上微微发点热，在屏风后带笑喊道，"请你们留心日本女人的拳头呢。"

老板娘说着已经走出来，中村迎着笑说："我们商议娶小脚姨太太呢！"

"我就不明白，走不了路的小脚婆娘，弄来家做什么？"

"玩罢咧！"中村哈哈哈得意地笑，他的笑声似乎这事情真是有了影子的样子了。

"中村君，你再说，我要告诉你的太太了。"老板娘恨恨地笑又指丈夫道，"若是他弄一个，你看着吧！"

"说得好像真有那么一回事似的。"吉田叹口气，喝了一口酽茶，又道，"弄一个，拿什么养她？现在自己连吃萝卜白饭都要打算盘呢。我早就看透了，就是灭了全支那，我们还是我们罢咧。讨小脚姨太太的还是那些军官，那些政客。"

"这话也有相当的理由，全世界都在闹经济恐慌，哪一国的商人都嚷不景气，谁叫我们做了商人呢。"中村停了停才说。

这"不景气"三字一提起来，大家触动了心事，再也提不起兴致来谈闲天了。中村讲了几句不相干的话，便在席上弯了弯身,道了再会,穿上木屐去了。

"爹爹,你们方才笑什么来的?"千代子从里间来笑问道。

千代子是个眼圆脸圆、头发漆黑、具有东洋女孩子美点的女子,她已经满十二岁了,还没有弟妹,夫妇俩不由得不把她当作活宝一般了。

"唔,"父亲似乎答不出来,也不高兴再讲,只应了一声。母亲便接下去说,"他们俩商量着要去支那娶小脚儿姨太太呢。"

千代子看见爹爹脸上不屑地冷笑一下,她便说道:"我知道爹爹不会做这傻事,中村伯伯倒说不定。是不是,爹爹?"她一边说着摇着父亲肩膀问。

"你看事比妈妈聪明得多了。"吉田拉了女儿一双肉软的手儿放在鼻上嗅。

母亲拿着火筷子拨火钵的炭,古铜的水壶嘶嘶地开了,她掀开茶壶盖放了撮新茶叶,冲了开水进去,倒出两杯茶来,递与女儿,一杯叫她递与父亲。因为不景气,这几个月来,吉田老板娘没有买过西洋点心或团子柿饼玉关之类给丈夫女儿做下午茶吃了。近来都是吃一两块廉价的和制洋糖喝一杯热茶便把下午混过去,现在的茶算得是今天下午的茶了。

"妈妈，忘记告诉你一件好笑事情，今早上学的时候，我看见那小脚儿婆娘了。"千代子一边说，面上忽然露出笑意，好像还有余味的一般。

"在哪里看见？"老板娘的茶似乎觉得特别可口，长长地吸了一口。

"真的看见，在内山医院门口，抱着一个小娃子。我因为很想细看她的小脚儿，就跟她走了几步，哪知道她倒走得很快，那对小脚儿嘚，嘚，嘚地在马路上飞走，像马蹄子一般，好玩极了。"

"又有说小脚儿好玩的了，真是奇事！"老板娘看着丈夫笑道。

"爹爹，你信不信？只有这般大呢。"千代子说着用手指张开比了比。

"我看见过。在神户，大阪，多得很呢。"吉田说着划了洋火点了一根纸烟。

"昨天百合子问山本先生支那女人为什么要缠足，她们不怕痛吗？先生说支那男子喜欢小脚，她们便缠脚罢咧。先生又说支那女子很糊涂，男子叫缠足便缠足。女子缠了脚便不能自由行动，男人要怎样就得怎样了。"千代子很用心地一边回想一边说，"唔，他还说支那男人因为女人缠了脚不能自由，他们就可以自由地出外弄姨太太回家来呢。"

"我们日本女人可不会那么糊涂。"老板娘见丈夫没有答话，她洋洋地说。

在千代子脑子里浮现着的支那女子真是怪物。在家里软得像一块生海蜇，被水冲到哪里便瘫在哪里不会动了。偶然立起来走路，却又嘚，嘚，嘚地像马一样走得很快。

她闷闷地伏在父亲肩上想了一会儿，她真想看一看那双神秘的小脚儿，它果然是两三丈布条包成的吗？

"什么时候能看一看她们怎样裹那小脚儿才好呢。"千代子叹了口气说。

"又脏又臭罢咧，有什么看头！"母亲连忙答。

黄昏近了，老板娘下到厨房里。这时空间里充满了烧小青鱼的腥味。这是千代子顶不爱吃的一种菜，却天天得吃一次，"这还不是为了省钱。"那天妈妈对她解说她要买这样小鱼的话时，声音是哑的，只差没有流下泪来。千代子什么时候想起来都觉得可怜，真想痛痛快快替妈妈哭一回才好呢。

她闷闷地站起来把上学穿的酱红裙子摺好，放在壁橱的架上，用父亲的小皮箱压着，明天早上穿就很平整了。这是很麻烦的事，家里本有前年买的一个电气熨斗，母亲却收起来不肯拿来熨衣服，怕费电，又多一点支出了。

正在此时，距离三四丈远的支那料理店炒菜却炒得很热闹，油香肉香夹着炒菜铲子的急忙清脆的响声，一直送过来。前年，上海战事以前，千代子一家曾去支那料理店吃过一回饭，差不多样样东西都很可口，碗碗里都装得满满的，末了却吃一个空，大家饱得发胀，只花了两元钱，连会打算盘的妈妈都啧啧叹服了。啊，真香，怎样能再吃一次？

千代子咽了一口唾沫，忽然想起早间山本先生讲的话来，立刻跑出来向父亲道：

"爹爹，山本先生说支那东西真是又多又便宜，像平常做买卖的人家每天都可吃大条鱼大块肉，桌上一摆就是十来碗菜。他常到朋友家吃支那料理，他是到过支那的，亲身经历过，一点儿都不扯谎呢。"

"你嗅到支那料理味儿嘴馋了吧？"父亲正在整理账本，回头笑了笑道。

"其实真是好吃,我觉得比西洋料理好吃些。"女儿见说对了也笑了, 她接下说,"我们也去支那做买卖去吧,爹爹。"

　　父亲沉吟未答,千代子又补一句,"山本先生说满洲是我们日本生命线,日本人去到满洲就有生命了,都住在日本将来是会饿死的。爹爹,他说得很对吧?"

　　"对是对的,可是我们去不了。"

　　"怎么去不了?"

　　"原因多得很,讲给你听,你也不懂。"

　　"我懂,你讲好了。"

　　"再说,支那不是抵制日货吗?你懂不呢?"父亲微微伸了懒腰,把看账本用的眼镜卸下来,袖了手呆呆地望着火钵子。千代子明白爹爹这是想心事了,不敢再多言语,只轻轻地念道:"支那人讨厌啊。"无聊地走去厨房了。

　　第二天是星期天,吃过早饭,已是八点,还出太阳。爹爹上柜台前坐地去了。妈妈沉着脸在楼上打扫。千代子抱着一堆换下来的衣服走到水槽边,放了洗衣盆,拿出搓板,拧开水管,让水哗哗地放。她不知为什么,今天也特别地觉着不快活,连早晨父亲特意给吃的苹果,吃到嘴里都不香。她用卷袖绳高高地束起两袖，露出红润的胳臂来，手放在盆里，觉得有点冷，抬头看看天，天还是阴沉沉的，她拧住水管，正待放衣服下盆，只听妈从楼上后窗叫道："千代子，别洗啦。百合子来约你洗澡去，快出去吧。她等你呢。钱给你，接着。"妈把一个五厘钱掷下来，随后又掷了两条毛巾。香胰子楼下有了。

千代子像是忽然遇了大赦一般，面上登时满了笑容。澡堂在日本真是女子的洞天福地，尤其是在阴冷的秋日。试想在阴冷的日子从一间四面都透风的木板纸窗子做的房子换到一所热汽满屋的温室里会觉得多么舒服呢。好处还不止这一点，一般人恐怕觉得最难得的是只花五厘钱，由你洗到几时用无穷尽的干净热水吧。难怪酱油店的老板娘、糖果店的大姑娘一去就洗三四个钟点，有些是谈天的聪明女人，简直把澡堂当作她们的茶馆了。

"妈，我去了。"千代子喊着穿上一双半新木履，披上一件单外衣，洋洋得意地跳到外间。百合子正倚在账台前同父亲说话。

百合子，比千代子大两岁，是个长身圆脸、眉毛漆黑、皮色红润、刚懂些事理、很信服大人话的女孩子。她简直是小学校三个先生的留声机,她常常背出先生说过的话,一点儿都不错,甚至一些语助词,都不会遗漏一两个。所以先生们都非常喜欢她,常常拍着肩膀当着人夸奖她,说:"她可以作日本少女的模型。"

近来山本先生常常特别灌入学生爱国思想。他说,爱国就得打敌人,第一个敌人却是露西亚①,可是露国大得很,挂了红旗以后,又一天比一天厉害,日本同他打得先扩大自己的实力,唯一的方法,就是吞并了目前动乱无止的支那。说到支那,他常常冷笑道:"支那真是一只死骆驼,一点儿都不必怕呢。你想男的国民整天都躺在床上抽鸦片,女的却把一双最有用的脚缠得寸步难移。实在说,这还不等于全国人都是瘫子吗?"学生想象到一国人都是瘫子的样子,未免好笑,都哈哈地大笑起来。百合子却把这些话记在心里,回家来就学给父母及左邻右舍的朋友听。她说时脸上的表情却是非常真挚,听的人都啧啧叹服。

千代子一望百合子脸上严重的神色知道必有什么新闻要报告了。她还没问,百合子拉了她急走出店门,携

---

①露西亚:即俄国(编者注)。

了手才说：“千代子，有好新闻呢。”

“你猜不到的。”她伏在她的耳上，小声道，“刚才我在楼上看见那小脚女人抱着孩子走到山手町的澡堂去，她是避我们这町的人呢，跑到那远一点儿的一间澡堂去。”

“我们也去，你说好不好？”千代子高兴得要跳起来。

百合子得意地点了点头，“去就去。小脚儿，又臭又脏，配到我们日本人的澡堂吗？”她说着，脸上无端地愤怒起来，她决然地说，“我们为了爱护日本人，应当不让她洗。”

“怎样不让她洗呢？叫澡堂挂牌子禁止支那人洗澡吧。”

“那不行的，我同你今天做一件爱国大事吧，”百合子忽然计上心来，得意得很，她重伏在她朋友的耳上切切地说，“我们想法羞辱这个支那女人一顿，岂不是好？”

“好极了。”千代子一路高兴得咯咯地笑个不住。这该是一件多伟大的事呵！

到了山手町，手掀开澡堂的青地白阳字的布帘，千代子的心里忽然一阵乱跳，说怕也不是，倒有点像心酸。她那次看到教高等班生物的先生拿着一只青蛙破肚子给学生看,很像这样的心跳,这不奇怪吗?跳什么呢?

　　她们俩各交了五厘钱给柜台,便脱了木履跳上浴室外的席地,直走到穿衣镜前放下衣物。

　　脱衣服时,千代子偶然望到镜里的她,脸是飞红的,嘴唇似是跳动,笑得很不自然。望望她的同伴,却也不像平时那么笑得可爱,不,笑得是有点可怕呢。怎一回事啊!

　　脱过贴身的汗衫及小裙子,她们都用毛巾掩了下身,交换了一个顶不自然的笑,走进澡堂里去。

　　推开澡堂的玻璃门,里面看是别有天地呢。又温润又洁白的热汽充满了空间,嗅到的是清新馥郁的肥皂味儿,听到的又是种悠闲愉悦的笑语声,间中也有一两人低低的哼着曲子,那也是多么可爱的调子啊!

　　她们两人默默地一边欣赏,一边跳入碧清的热水池里浸着。真舒服,这好似在母亲的怀里一样。

　　热水池边上那一角有三四个正在洗澡的女人围着一个白胖娃娃逗着又说又笑。都是那么起劲,那娃娃一定很有趣吧。千代子望着不自觉地,游到那堆人的后面。

　　怪不得大家那样起劲,原来是那个胖娃娃做着各样的怪脸逗人,他自己时时也咧开那熟樱桃样的小嘴,露出几个洋玉米粒似的小白牙向着人很天真地笑。他的母亲面上却露出母亲特有的又得意又怜爱的笑容。她在瓷砖上跪着，将娃娃放在水面啪啪地踏着玩。围着他们的几个女人都是目不转睛地望着小娃娃，她们笑得多么自然，多么柔美，千代子不觉也看迷了。不到一分钟她也加入她们的笑声里了。

百合子一言不发地在一边浸着身子，听着千代子加入那一堆女人的笑声，她知道那抱娃娃的就是小脚女人，她不免有点生气，同时却有点感到自己的孤寂，一阵无名的烦恼袭上心来，却又不好意思发挥，心下骂道："千代子到底是小孩子啊！"小孩子怎么不好呢？问到自己，却又答不出。

闷闷地浸了一会儿，她跳上瓷砖地，拿了一个小木桶，接了温和的自来水，只管往身上冲，一连冲了七八桶子都不知用肥皂搓。这样不绝的冲法，似乎想冲掉身上什么讨厌东西的样子。

不一会儿，她望着那个女人抱着娃娃出了热水池。娃娃笑，大家又一阵赔笑。女人匆忙地用雪白的干毛巾擦干娃娃才擦了擦自己，她原没有洗澡。她大大方方地向笑的人点了点头，微笑着，洋洋地推开玻璃门出去了。真是怪事,怎么连千代子也像忘记了这是支那的小脚婆娘,她也同大家一样笑着看她出去了呢?

"千代子,来。"百合子忽然叫道。

"什么事?"千代子望着她同伴板板的脸孔,有点怕却又有点不舒服。

"你真是不中用,怎着一进来就把方才讲的话忘得干干净净啊。"

千代子脸上虽有些忸怩,可是心里并没感到什么不快,她一边冲洗身上肥皂沫,一边答道:"我也没有忘记,只是人家好好的,怎样去……"

"你真是小孩子,怪不得芳子看不起你。"百合子对于千代子没有什么法子,只好另找题目刺她一下。

"为什么只会怪我呢,你为什么不开口?"千代子低声委屈地说。

"得了,得了,还有理说呢。下回我可不同你这个小孩子共事了。"百合子气呼呼地说着,一边拼命放水冲洗身子。她下意识地想藉着哗哗的水响声,再听不到千代子辩驳一句话了。

千代子打开两条发辫,用带来的香胰子搓,搓得头上高高的像披了一头白绡纱,手上是异常滑腻舒适。她用温水冲,冲了又搓香胰子。这默默的工作使她忘去了一切的不快。她在悠然地享受着澡堂内的一切,不一会儿,她漫声地唱起歌来了。

　　两人洗完澡,已到十一点钟。当千代子与百合子同坐在近门的席上穿木屐时,望到自己红得像珊瑚珠一般的脚趾,她才觉得忽有所失地惘然起来。在路上有好多次她想问一问百合子仔细看了那个支那女人的脚没有,怕挨骂,总没敢开口。百合子好像已把这一早的失败计划忘掉了,她还是同她朋友有说有笑地走路。

　　　　原载一九三四年四月《文学季刊》第一卷第二期

开瑟琳

一

黎明时雨住了，却洒下一层雾绡遮掩着山谷林木。白茫茫里只听见喷喷的潮声冲上沙滩，那平匀的节奏，似乎是预报一个美满的清朝。

忽然一阵悠长的钟声，梦一般浮过锁翠笼烟的山麓，海滨对面的山峰，便像暮云一样姗姗地飐出来。海岸的边沿也见了，那浓淡匀整的渲染，像东方的画师画上的一样。

沙滩上这时烁烁的闪着亮，海面上漾着万道霞光，东方的天，红云彩一层深似一层，太阳由红霞深处吐出辉耀的金光来。

雾很快地渐渐消逝，山上红红绿绿的楼房很齐整的像玩意儿小房子似的摆在苍翠的树木间。

这些房子的当中，有一所满涂橘红色油漆，托出一个宽大粉绿色的走廊，尤为出色。这是伍局长的消夏别庄，远远地就可以看出来。

咖啡及烤饼香味弥漫着宽阔的走廊，伍局长正同夫人用早餐，旁边坐着一儿一女，都有十二三的年纪，西装穿得非常衬托。

廊下是空阔的草地，疏疏朗朗地种着各色花木。小女儿开瑟琳坐在石头上同王妈的女儿银儿在玩斗鸡。她们摘了一大把松针，一只一只斗着。忽然开瑟琳停住手不斗了，她看着海好一会儿说：

"银儿，你没有看过电影吧？"

银儿摇了摇头说："我妈说带我去看，总没有带。"

"这——"开瑟琳指着海说，"刚才一霎儿一个样就像电影，可是电影还没有这样好看。"她的"好看"是想到电影没有颜色，这目前景致，有光有色，变幻不可测，多有味，可是她说不出来。

"真的？方才你为什么不叫我看看？"

"你看，那一边的山又出来了，小学校也露出一半儿来了。看——银儿，那是秋千架，半空里露出来，在上面打秋千多好玩。"

正在说着话，忽听得妈妈连声喊 Katherine。

"妈妈，叫我吗？"开瑟琳颤声走到廊下问道，她是个长得高瘦的小女孩，脸上有点发黄，大眼，尖鼻子，小嘴，这时神气令人想到一只十几日大的小雏鸡。

"走上来看看你，妈妈是老鹰吗？你怎么不敢走近身了？"伍夫人正色地说着，又叫道，"王妈真正蠢得很，我说得口都疲了，还没学得懂，这件背心是不能穿在这样衣服上头的！这个红色，哪能 match 那样绿色呢，真俗气！"她一边说着一边拉过开瑟琳来，同她脱背心。她向大女儿道：

"Alice，把她那件 brown 毛线衣拿来。"

"George，你来几天也看得出我哪里有一刻闲工夫了吧？他们穿什么衣服都得我亲自来。"伍夫人向丈夫道。

"其实在山里马马虎虎穿穿也罢了。"先生答道。

"马马虎虎，谁不想呢，我的先生！你瞧左左右右住了多少家外国人，把孩子穿得拖拖拉拉的，同人家站在一起，不怕活甩中国人的脸吗！我就不能像张四太太那样想得开，光把自己装得像个舞女似的，小孩子可邋遢得怕人。难为张四先生一声都不哼，还是留外洋的呢。"

局长先生微微地一笑，这笑是表示得意呢，或同情太太呢，连自己也说不清。他的太太是留过洋、出名的一个贤内助，他的同事都知道。

"小弟弟呢？"太太看着开瑟琳问道。

"奶妈推他坐了车子到门口玩去了。"

"你不要总去找王妈的女儿玩，仔细她的头上虱子跳到你头上来。哄小弟弟玩玩多好呢。"

开瑟琳含糊地应了一声，便走下去了。她不明白妈为什么不喜欢她同银儿玩，她觉得银儿是个很有趣的乡下姑娘。虱子她没看见过，她很想看一看。

"Alice 同 David 一会儿可以同爹爹上山玩一玩去。他得好好地趁 holidays 休息几天，要不，他又是坐下来看书，耗神。"太太说。

"妈妈，不带 Katherine 去吗？"David 似乎可怜妹妹问道。

"不能带她去，她一去事就多了，小弟弟一定要跟着去,又得多带个工人,你爹爹是招呼不了的。"

"对了,带 Katherine 去便麻烦了。"大姊装出很正经的口吻说,她是向来顺着母亲说话的。

"妈妈,我也要去。"三岁的小弟撒着娇喊着上台阶道。

"宝贝,上哪儿去呀!妈妈不去。"太太伸着手抱着小弟弟。

"我也上山玩去。"小弟弟重道。

"谁说我们上山去的？是二姊告诉你的吗？"

"不,我要去。"小弟弟抱着妈的颈不放。

父亲放下咖啡杯子,代妈解围道:

"小弟弟,来,你上摇床,我大大地送一送你……"说着父亲便抱了弟弟过来,放到廊下绳织的摇床上,用力地抛送。

二

"银儿。你上过山顶上面去过没有？"开瑟琳立在厨房门口的篱笆边问道。

"那面山顶吗？没有什么好玩,我爸爸带我去砍过好多回柴了。"银儿捧着碗在吃中饭。

"好玩得很呢，你不知道。"开瑟琳很惋惜地说，她没有忘记妈的话，仍然不敢走到篱笆里的厨房门口。

"有什么玩的，我就不要去。"银儿比开瑟琳到底大两岁，她表示对于玩耍并不起劲的样子，其实她只有八岁大。

"哥哥说山顶上有炮台，可以打外国人的兵船呢，一路上山还有野洋莓、樱桃，好吃得很。"说到这里，开瑟琳看见她的小伴儿吞唾沫，觉得很得意，又道，"在山顶上可以望见好多好多奇怪的高山，哥哥说书上说过那些山上从前有神仙住过的。"她见她不答，停了一会儿叹了一口气道，"我真的上山去看一看才好呢，哥哥说这些高山都是在半天里现出来，他还说几时坐飞机去玩一玩，那才有味呢！"

"山有什么好逛的？我就想看一回电影。".银儿把吃过的饭碗，用水冲洗着。她黄的脸皮及缺乏油性的短得像一把棕毛刷子的辫子，一看就知是乡下女孩子了。她洗过碗就拉起大襟来擦嘴擦手。

"你干吗不去看电影？那边就有电影院。"开瑟琳睁大眼问道。

"我没有钱去。"

"叫你妈给你钱。"

"她不给,她的钱要带回家给爸爸。"

这时开瑟琳站得有点儿不耐烦,走了几步回头叫道:"银儿,来外边玩,我爸爸妈妈姊姊都出了门,前边没有人,快来吧。我带你到房里瞧一瞧去,有许多东西你没有瞧过的呢。"她说完便一溜烟地跑了。

银儿怕妈不许去,回房见妈正躺在床上睡中觉,呼声很大,她放了心溜到前来。

开瑟琳正在阶前捉蝴蝶,见了银儿来帮忙,高兴极了,她们不多一会儿便捉到三只大的花蝴蝶。

她们捏在手里找不着东西装,忽然开瑟琳想到妈睡房里的一只空着的玻璃缸,她便跑进房去。

银儿同走进去,忽然又缩回头来。

"银儿,快来,蝴蝶飞了一只了。"

银儿连忙进去帮忙捉,不一会儿捉到也放在玻璃缸里。

"啊呀,太太床上铺的是什么布,好多窟窿,这都是花呢!"银儿一边摸着床上的花边单子一边叫道。

"那有什么稀奇。"开瑟琳学着姊姊的口气淡淡地答道,"还有好多东西你没有见过的呢,你来看看,妈妈的衣服。"她说着便把衣柜门打开。柜里果然挂的红红绿绿许多花色衣服,银儿做梦都没见过的。

"这件衣服简直比纸还薄,照得见人呢!"银儿又羡慕又稀奇地说,把衣服大襟举到眼前照着看。她一边四面张望,忽然叫道:

"黄鼠狼!"

"哪儿?"

"那上面挂的不是吗?这东西会吃小鸡子。"银儿指着上面挂的一条皮围巾说。

"这不叫黄鼠狼,妈妈叫它什么名字,我忘了,她说好多钱买一条呢。"

"这是黄鼠狼,我们乡里很多的。等我回家叫爸爸捉几个送给你们。"银儿道。

她们俩又在房里看了许多银儿没见过的东西,忽然在梳妆台上看见妈妈的手表,开瑟琳连忙拿起告诉银儿道:"这是手表,戴在手上的,它会走,你来看看这里面的字就是时辰,一点钟走一个字,你懂不懂?"

"怎样走呢?我可懂不得。"开瑟琳一面把表放在她耳上听,看她睁大眼睛有趣的眼神,便忘记妈妈常常叮嘱不许动表的话,动手转那上弦的钉子,总转不动表面的短针,弦可能上得太紧了,表立刻不走了。

开瑟琳用力摇了一会儿也不响,记起妈妈说过动表就要受罚的话,她有点慌了,一闪手,表便掉在地上,表的玻璃破了,啊呀,这怎办呢?她们两个人把表拾起来都吓呆了。开瑟琳扁了嘴要哭。

一会儿银儿才想出主意道:"别哭, 快把这表藏起来吧。"

"对了,藏起它吧。快些藏起来。"

开瑟琳微微震颤地说:"藏在哪里呢?"

银儿想了一想,方说:"挖一个窟窿把它埋了。"

开瑟琳听说连忙把表紧紧捏在手心中,轻轻地溜到房外。幸喜家里人都出去了,王妈又睡着,厨子也上街买东西去了。她们左右张望,见园里果然一人没有,银儿走到一堆夜来香花前,用小石片掘了一个小坑,把表埋在里面, 上面还松松地铺了一些小石子, 使人认不出来。开瑟琳见了很钦服地点头微笑,她的泪还蕴在眼眶里未干呢。

傍黑,妈妈爸爸大家都回来了,姊姊哥哥买了一篮子用的东西,外祖母还给小弟弟许多玩具,炮车、兵车、小汽车、小马车,多少车子啊! 开瑟琳在一旁看着,心里有些酸酸凉凉的,直想哭。幸而妈妈后来在篮子里翻出一包她很想要的颜色粉笔给了她,她才觉到妈妈还是爱她的,想到自己反偷偷地藏起她的表,不觉大点眼泪流出来了。

妈妈见了有点生气地问道:"你不喜欢这些笔吗?给回我。"

"不。"她答了这一个字,紧紧地捏了粉笔,就跑回睡房去了。

三

第二天全家乱哄哄地闹了一个早晨,太太的手表不见了,上房下房什么地方都翻腾过,也不见表的影子。末了太太忽然恍然有悟地喊道:

"Katherine 来,说实话,你拿我的表没有?"

"我没有拿,妈妈。"开瑟琳脸都吓青了。

"怎么有蝴蝶放在我房的玻璃缸里呢?你一定进我的房来了的。"妈妈怒气冲冲地说,"你真是没出息,你爹爹还常说我偏心不喜欢你。你看,你就这样不听话,我不在家,你跑到我房里干么?"太太见女儿吓得只抖擞,也逼不出一句话来,心里不免有点软下来,又道:

"家里也只有你同王妈他们在家,前门是锁好了的,有人也进不来,要有贼从后面进来倒也可以的。王妈一睡着便像死狗一样,你说实话,你睡中觉没有?"

开瑟琳怕说没睡中觉便要罪上加罪,只好点头说:"睡了。"

王妈觉得有话可以帮忙,便连忙说:"她睡了中觉了,睡了两点半,直到送牛奶的人来了方起来的。"

太太听了默然一会儿又问女儿道:

"傻孩子,哭什么?告诉我,你睡在房里听见有人进房走路声没有?"

开瑟琳见妈妈忽然不大生气了,她觉得事情有点转机,她方鼓起勇气答道:

"我才睡醒时,好像听见有人轻轻走进房又走出去。"

"你怎不出声呢?"

"我问了一声谁呀?没有人答应。"开瑟琳又鼓起勇气说道。

太太点了点头。她罚开瑟琳在房里睡了半天,下午便叫王妈母女收拾铺盖走。

王妈指天发誓她们没有偷表,且在表没有找到时,她不肯走。太太板起脸孔说道:

"叫你走是我可怜你穷才这样办呢,若不,我把你们送到警察局拘几天,逼你找出表来,你才知道厉害,快给我滚吧!"太太想到王妈的没良心,叫她女儿来白吃一个多月的饭还不知感恩,不觉生气起来了。

王妈默默擦了泪,请了安,扛着铺盖,女儿在后跟着便走了。

四

一连下了三天大雨,一个下午雨忽然住了。满山树木,绿油油的被雨洗刷得真正可爱,一处一处的响着涓涓潺潺的泉水,西山头亮着一大块朱红的晚霞,那烂漫的光彩直照入个个喜晴人的心里。山路上三三五五地走着裙裾飘飘的中西仕女,小孩子都穿戴得像店里的洋娃娃那么可爱,跟在亲爱的人们身边。

"妈妈,我们也出去走走吧?"Alice 在廊上望着路上的人们对母亲说道。

"George 外边多好,我们出去走走吧?"太太向在园里的先生喊道。

"花园里也满好,用不着到外边赏玩了。你来看看那块大石头旁边的瀑布多好!"先生答道。

"好，我们也下去看看吧，Alice。"太太说着领了大女儿到园里去。

园里的杂花，在雨后格外鲜艳夺目，空气里洋溢着一种悦人的草香。孩子们跳跃呼叫，更是像小鸟般可爱了。

他们两夫妇绕着园子走了一圈，发现了几个新流泉，几堆新发芽的花草，末后将走到夜来香花池边，先生忽然叫道："这花底下有一个什么东西，发金光的？"他说着便趋前捡起来，原来是块手表。"这不是失掉的手表吗？玻璃破了。"

太太连忙夺过来，细看果然是遗失的手表，但是它怎会在园里呢？

"怎会在这个地方呢？别是那天你走路时掉在地上的吧？"先生笑着说，他心里想着说一句冤枉了王妈的话，还未敢出口，太太便接着道："我哪里会那样糊涂，掉了手上的表都不知道。那天我特别不戴表是因为怕小弟弟要我抱，硌坏他，所以留在家里的。这有什么奇怪，还不是我那天说的那句送警察追问的话吓得甩下来的赃物。也亏她想得巧，甩在园子里。足足过了三天才发现。"

先生似乎还想补说一句话，这时恰巧开瑟琳跑过来，小弟弟在后追她。一双大孩子的长长的腿及一对肥胖的短腿在太太面前掠过，她便叫道：

"Katherine站住，地上这样滑，你还让小弟弟追你，让他跌跤玩吗？"

开瑟琳立住，喃喃地道："是小弟弟要追我，我没有……"

"Katherine，你再回我一句嘴，你就得关在黑屋子了！"太太口里说着话，手里却很惋惜地摸弄着手表。开瑟琳忽然看见这是埋在土里的表，全身不觉木了，立着不动。

幸亏妈妈爹爹走上廊子去，没有人注意她的样子，她呆了一会儿，定了神私下想道："银儿在这儿，她也要奇怪了吧！"

立了一会儿，忽然觉得冷清清的，她一步一步向厨房前面的篱笆走去。

晶　　子①

　　四月中旬早晨太阳刚出来，小鸟吵声黏成一片，银阁寺附近的人家都开了自来水管潺潺地任它流下来洗石级浇花木了。去幼稚园的山道上时有一队队小木屐踏着沙子过去，这清脆的可爱声直送进每个母亲心里，她们嘴里轻轻地嘻着歌调，把袖子重新地挂起，把盆里花花绿绿的小衣服搓揉着或把手里的帚子悠然地在地上画来画去。

　　"妈妈，瞧！"晶子独自扶着短栏杆看着窗外连续不

---

　　① 本书初版时，本篇文章名为《生日》，后作者以小说主人公名字"晶子"为名，改本篇文章题目为《晶子》——编者注。

断花花绿绿的小人儿在路上走,她高兴得叫起来,伸着小手指着道上。

妈正在低头收拾东西,随意抬一抬头望道上微笑说:"人家上幼稚园去了,你什么时候去?"

"唔?"晶子听不懂常常这样发问。

"上幼稚园去。"妈答。

"……上公园去,妈妈去,晶子去。""公园"两字是晶子早就会说的,新近她虽学说四五个字连成一句的话,这回是顶长的句子,妈听得高兴极了,跑过去搂着她问道:"爸爸去不去?"晶子正注意看对面水管不住地流水出来,还没听见,隔房的爸爸跑过来叫道:"爸爸也去。"他说着便坐到蒲团上,"妈今天忘了是什么日子了吧?我们一会儿就上岚山去好不好?"

妈略停一停笑道:"谁会忘了我们小公主的生日!"这两整年种种忧愁、麻烦,快活的光阴像轻寒薄暖的东风重复吹过来一样味儿。

"那么快来给小公主打扮吧。"

"忙什么,等她吃过这一顿饭再去不好吗?东西都摆好,只等端来吃就是了。"妈说着便起身下厨房去。

晶子的家只有爸爸妈妈,爸爸常看书,妈妈常坐在晶子一旁做针线或打编物。爸爸甩下书时，必来抱晶子到窗口扶着栏杆向外望，他告诉她对面一堆一团的东西是"山""河""树"，让晶子跟着说一遍，又道"山上有树，河里有鱼，树上有鸟"。他说完还要晶子学说，晶子跟着学倒也一字一字慢慢地叫出来，不过"鸟"字声是那么怪好玩的，鸟……鸟……好像隔壁老猫叫声，晶子学时就笑着说不出来。

"喂，晶子，来问一问你……"爸爸一把抱过小女儿来放在膝上，"你说，山上有——什么？"

"有四。"晶子歪着头睁着一双长睫毛的大眼郑重答道。

爸爸含笑点头又问道："河里有——"

"有驴。"她的小嘴卷成小喇叭样答道。

"有驴？"爸爸反学她的娇细声说一遍，"算你对了吧。树上有什么？有——"

"有妙……妙……"晶子学着猫声，说完便伏在爸爸的怀里笑，因为说了多次都被爸妈笑到她支不起来，要爬到怀里去，这一回她是预先伏到怀里去了。

服侍完晶子吃饭，爹妈收拾了一番，爹爹抱着晶子，妈妈拿着晶子零用物件的布袋走向电车道去。

121

晶子今天穿了一件刚齐膝盖浅绿色翻白领袖的小绸洋服,上身套了件雪白毛线织的小背心,沿领口是一圈另外加上去的小黄玫瑰花,天然卷曲的头发上系了一个淡绿白点的缎带结子,穿着小白皮鞋,这都是她看见了就要妈妈给穿用而未成功的东西,今天居然都在身上了。她在路上不迭地低下头来瞧。那白绒背心和白鞋在这小心窝里都闪出银光吧!这时她乌溜溜的眼珠子忙极了,左右前后地看。

"喂,老实点儿,别总转身子,"爹爹笑拍着晶子道,"你再转,我抱不动了。"

"让她下来走几步吧,到电车站还有一会儿呢。"

爹爹果然把她放下来拉着一只手在地上走。她让妈也拉一只,这样她可得意了,一路走一路跷起双脚打秋千玩。不多一会儿早把妈妈累得脸通红了,爹爹也说:"还是抱着好些。"

她虽然以前也曾坐过两三次电车,不过那是一岁前后的事,连影子都不曾记得呢。这回她仍感觉实在新鲜,在她早晚上街散步时见过不少奇奇怪怪的人,可没有车里这样多,而且大家挤在一起不走动,有许多人好像都在看她,他们却也不笑也不说话。

"爹爹!"晶子往爹的怀里一挤,回头望一望大家又挨近爹爹站一步。妈明白她的意思,一把抱她起来坐在自己膝上。"看看窗户外头的山。"妈指着窗外哄她看。

窗外的东西,房子、树、山、人和车子都跟着电车跑动。追,追,追——她想起在家里爹爹拉着手走,妈在后面走来一边喊。她一听见这声音一定要大步大步往前跑的。

"追,追——"她笑着摇着妈的肩膀要立起来跑了。

"坐好吧,宝宝。"

晶子仍然攀着肩摇,一边想溜下地来,妈无力再抱了,只好板了脸说:"再不听话,困觉觉去。"说着把她在膝上重新放正了。

这时车忽然不动了,有许多人去了,换来一班人,那里面有个穿着花衣戴了一顶花帽子的老妈妈,手里牵着一只大猫,坐在晶子对面。不一会儿那大猫坐在地上,两只眼不迭地望晶子,她正想向它招手(像她平日对隔壁的小猫一样),不想那猫忽然张大了嘴伸出很长舌头来,微微喘着气。她立刻拉着妈的手叫道:"猫,猫!"

妈还未答话,正巧有两个伯伯(像隔壁伯伯样儿的)走过来挡着那只大猫。他们笑着同爹爹说话,对她招手笑,晶子想说话又不好意思。正好门外有人拿着一篮可爱的苹果走进来,她便揪妈的衣襟,伸着粗短的小胳臂指着。

车是咯隆咯隆又开始跑了,这像木马的摇动又像藤车里推着走的味儿又在妈妈软软的膝上,够多美呀——晶子的小脑袋渐渐前颠后扑,小嘴张着打呼了。

"到了,宝贝,醒醒。"爹妈同声叫道。

爹爹抱着晶子挤出人堆,便放下了。许多人,忙碌地一边说话一边跟着走,木屐踏着砂道,咯噔咯噔地作响,河内的水潺潺地流, 柔软的东风吹着她盖膝的小裙子,胖胖的凸起来,直像一朵浮在水面将开的睡莲。

面前是一大片空地, 地上有好多铺了猩红毡子的床,床上有穿花衣服的人坐着喝茶。上面是树,挂了一球一球圆的可爱的小灯笼,迎着风摇摆。"妈,给晶子一个! "晶子伸着小手指道。

"不能给,乖! "

"宝宝看见花没有?来,爹爹抱你看看,"爹说着便抱她起来指着树上的花又道,"樱花,樱花——"

树顶的花被温暖的日光晒着,阵阵散出微带脂粉味的香,花被淡金的朝阳罩着,那玉琢粉搓的花瓣更显出

124

柔腻光润的颜色。云雀与黄莺不断地飞来飞去,啭着迷恋的歌喉,一曲又一曲地唱。

晶子觉得身子轻松极了,舞着小胳臂轻轻地跟着乱唱,爹爹真有点抱不动,正要放她下来,晶子竟伸手叫道:"爹爹,花,花! "

她意思要伸手去摸一摸树上的花,不过她没说明白。爹爹听说便答:"不要动! "就把她放下了。

爹妈拉着她的手走过那踏着响得好玩的长木桥,他们叫她停步望对岸的樱花,那一大堆一大堆粉光甜香使她记起昨天爹爹给食一小块的点心,那多可爱呵,爹爹只肯给那一点儿,多可惜!

过了桥他们走到树底铺红毡的床旁坐下,一个花衣服姐姐笑嘻嘻来问要吃点什么,妈妈说了两句话,不一会儿,就端了一盘子点心和两碗东西来了。

"宝贝,好好坐着,"爹妈让她坐在一边,他们提起筷子就吃,晶子不住眼地看,那碗里的粥喷出透鼻的香。盘子里圆秃噜雪亮的点心一个个像妈妈昨天吹的肥皂泡在眼前打转,怎样抓住它?这样抓住它?晶子想了又想,末后忍不住同平日那样指着点心道:"宝贝不吃,宝贝乖,是不是? "

爹看妈笑了笑。晶子看见又指道："宝贝不要。"说完抿了抿嘴,咽了一口唾沫。

"怪可怜的,给她一点吃吧。"妈说。

"刚吃过,又吃?"爹说着就抱她下地,"在地上走走。眼不见心不烦。"

在地上走倒是遂了她的心,她跑到近旁那花衣姐姐的小屋子里瞧瞧架子上摆的各色闪光放亮的瓶子杯子,她尤其爱那花玻璃珠穿的帘子,用手刚刚摸得到,凉飕飕,滑秃噜的!

那姐姐笑着向她招手说："可爱的小姑娘,来,来!"

晶子望着她笑了笑却站着不动,这时那姐姐又捧着一大盘点心往外走,走到她身前却弯下身子把盘送到面前笑说："拿一个,不要紧。"

这真是多大的机会,晶子紧紧看着盘子,满面是笑,却不敢抬手,末了她望了望爹妈,妈妈正说："宝贝,说谢谢,不要。"

她勉强照这样说了。那姐姐带笑端着盘送到另一张床上的人前去。真糟,为什么她不送到爹爹那儿呢?晶子狠狠地看着那盘子。

那姐姐托着空盘子扭扭捏捏地转回来,笑向晶子道:"你真是一个可爱的孩子,美极了!"说着伸手来抱她,嘴里道,"来,我给你点好东西,妈妈不会骂的。"

晶子跟她走到里面,姐姐抱她坐在一张铺了白单子的桌前,桌上放着一个鲜红的瓶子,里面插了一大枝白花。

那姐姐见她不住眼地望着,忽然摘了一球下来,说:"戴在你身上,多美呀!"

晶子以为这又是逗她玩的,不敢伸手接,那姐姐笑道:"妈妈不说,拿着吧。"

"爹爹?"

"爹爹也不说你!"那人笑着把花递过来,晶子接着笑了笑便往外面跑,举着花叫道:"爹爹,妈妈,她给的花!"

"宝贝,说谢谢没有?"妈指那姐姐道,"说谢谢去。"

一会儿那姐姐笑嘻嘻地来向爹爹说"谢谢",爹妈也不说"再见",拿起东西就走了。

他们三个走了一会儿,晶子手里拿着花,要一边走一边看,所以没牵着爹妈的手走。爹爹在前带路,嘴里学鸟吹着哨子,妈在后扶着洋伞慢慢地看东西,晶子夹在中间,她在路上有时看见一块闪亮的碎玻璃,有时看见一张花纸，有时看见一块圆滑的小白石子都要停步捡起来。

一会儿到了水声哗哗不住流的地方，爹爹便坐下来看表，妈说："坐下再玩玩。"

他们也让晶子坐在石上，爹爹从口袋掏出一卷报纸，打开了看，妈也拿了几张，笑着哄晶子好好地坐一坐再走。

那黑漆漆的纸有什么好看？晶子望了望就扭过去看对面石头上的茶棚，红毡上面又是摆了一盘雪亮滚圆的点心。棚子旁边是几棵雪白的花，一阵风吹，树上啾啾地掉下几小团白的东西到水里去，晶子忽然想起伸手去接，不想扑一个空，她的小嘴张了张很可惜地呼了一口气。

那掉在水上的花，随着水一朵一朵溜着跑。忽然一阵风起，又是啾啾地吹落，掉在水里流，流到外边去，不一会儿就看不见了。唉呀，怎么也抓不着它！她看着就急喊道："妈妈，看花，花没有了。"

妈听了并不抬头看一看，只应了一声："唔！"

她呆呆地看着一阵一阵风吹花落，一回一回的流水载着花朵跑，跑到外边就不再回来了。那一棵树不多一会儿一点儿花也没有了,空了!这空了,比她吃牛奶时忽然发现杯内空了是同一的不快。于是她不要再看,正要立起来走,忽然看见有一团洁白可爱的东西放在衣服上,一看正是给水载走的那样花。她像骤然拾到奇宝那样双手捧起来送到鼻子一闻,那微带甜芋芋的花粉味儿直沁得鼻子发痒,她就把一朵花送到嘴里去了。

妈妈偶然回过头来看见晶子的嘴微动在那里嚼东西的模样,跑过来喊道:"我的宝贝,你吃什么了?"

晶子只管闭着口嚼不答话,爹早也跑过来用手扒开她的小嘴,低了头望,望不出什么,就用手指掏,掏出来的是一些淡黄淡绿色的东西。

"唉呀,可怜死了。吃了什么呢?"妈半忧半恼地叫,又抱她起来把身上的花远远地甩到水里去。

"宝贝,是不是吃了那个呢?"爹指着甩去的花问。

晶子笑着点一点头,忸怩地爬到爹的怀里。

"不知她吃了多少,有没有毒,回去经过医院,我们下去问问医生吧。"

爹爹点了点头,把报纸卷起来塞到袋里,抱起晶子说:"咱们快一点回去,木村大夫也许没下班呢。"

路上爹妈都不像来时那样有说有笑的了,他们什么都不看，只顾急急地走。她是怎样想再听一听爹爹方才吹的哨子呵！

走过方才吃点心的地方，晶子望着头上满开的花仍然那么可爱，她拍了拍爹爹的肩膀哄道："花花美，爹爹，瞧呵！"

原载一九三一年十月《北斗》第一卷第二期

倪云林

一

"可惜我不是吴道子，不然昨天那光景正好画一幅很神气的饿鬼图!"倪云林坐在阶前晒着背,忽然记起昨日给散资财与亲故的情景。

这时正是十月底,江南晚秋,晴朗可爱。花坛里十数株黄英,浴着日光透出清香,几个粉蝶蜜蜂紧绕着花飞。

粉墙畔三五竿修竹,垂着碧叶伶俜地立着,幽静宛如绝代佳人。

"清闷阁倒可掉头不顾,这院子的花竹,却未易忘怀！"他悠然顾盼着,想着自己所定的游踪,嘴里却吟哦着"未能抛得杭州去,一半勾留是此湖"。

"官人,今夜没有米了。"一个老家僮缓缓走来说。

"仓房里都没有了吗？"倪家米素来都向仓房里取的。

"再有十个仓房也会拿干净的！"老家僮微咳着笑答,他的不自然笑容告诉主人昨日的事迁得可怜,"咳,我活了七十岁也没有见过昨天那样的事,平时一个个都是有礼有貌的,原来一斗米量少几粒都会红了眼动手动脚……"

云林知道这老人家要发一发牢骚了,却不知要唠叨到几时,只得打断他的话：

"到隔壁借一两斗去吧。横竖他们也不在乎这些。"

老头儿苦笑了笑,应着懒懒地踱出去。

望到这老人忧郁不胜的神色,他心里微感不快。立起来绕院子走了一周,便喊小僮叫看轿。

不多时他上了轿吩咐到城外去。

轿夫知道又要到那空旷地去了。抬起轿子,依着往例,只拣僻静小路走,一会儿便到城外了。

其实一样是蔚蓝天空,罩在郊外,便自不同。面前一片黄碧渲烘停匀的旷野,嵌上空明清澈的溪流,几座疏林后有淡施青黛弯弯的远山黏着。诗人浸在这秋光里，方才的不快早融化了。

轿子在一座林子前停下来。云林便在树下闲步。林畔一湾碧绿的清溪，倒映着疏点丹黄的枝柯，美极了。

秋日山野调色的富丽，益使他坚信山水不能着色。林下幽静得令人意消。他恨不能把清闷阁立刻移到这里。

"远山掩映溪纹绿，萝屋萧然依古木……"不一会儿他吟咏着这两句新诗，落叶在脚下沙沙响和。

来回不知走了多少时，抬头一望，远山入云，天半起了朱霞了。此时林外微听得有人低语：

"我就看不出这个地方有什么好玩，又没有山，又没有水，石头都没有一块生得雅致的。直呆这么久！"

"就是这些树也比不上侯府里的好看呵！他们园子里的梧桐、松柏多好，三伏时坐在树下像浸在水里一样凉。"

"得了，你怎么知道那样凉，你又没有去歇过。"

"隔壁老王说的。若不是大官人脾气怪，我们俩现在也可以在侯府里歇歇了。今早人家又来请了两回。"

"三九天坐在树下，侯府里也不见得比这里暖和。"

"你真是死心眼儿，在侯府歇着，还怕没有茶喝，没有点心吃！至少也有椅子坐哪，不用挺得腰酸了。"说到这里只听捶腰声，低低怨道："莫非来会什么神仙？太阳都下了，还挨在这黑树林里。"

二

到家后在烛光下云林画了一幅画，题了新诗。画中意境，自觉与人不同，心想怎得王叔明来，看他怎说。

第二天叔明邀来了。壁上新贴的画，墨晕尚未干。

"遥山掩映溪纹绿，萝屋萧然依古木，篮舆不到五侯家，只在山椒与泉曲。"叔明把画上新诗吟哦一遍，点头道，"别有天地，不差，诗如其画，画如其人！"

"谁不是画如其人的？"云林笑道。

"我说的是意态萧然的人，"叔明也笑了，"画上萧然并不难，难在萧然而有物外情。第三句似乎有点来历，听说昨天侯府又来请你去，你躲得不知去向。"

"那地方岂是我这懒人去的！"

"我看你任什么地方都懒得去，惟有出城不懒。"

"出城若没有轿子坐，说不定也懒得去。"

"我就不佩服诗上这一点，"叔明笑道，"哪见住萝屋的人，出门还要坐篮舆，岂不是'稻草盖珍珠'？"

云林见说，不觉也笑起来，道："第三句原是胡凑上的。"

　　"我们这样的人上山去倒是得有篮舆的，不过萝屋不见得一定可以住。我向来主张舒服的，逛山时不但要轿子，索性连家僮食盒都带着，遇到幽胜地方，便住下来也方便。"

　　"带着大队人马，哪里像逛山，倒像上任去了!"云林哈哈笑起来。

　　"若不是这样，不会舒服的。"

　　"要舒服，还是蹲在家里看看花、吃吃酒舒服多了。"说到这里，他停了停道，"所以我常说不去逛山就罢，要逛就要去些俗人不到的地方，还要独自去，方才觉得有味。若是还得带一些家人，赶到大家去的地方，那不如就到城里娘娘宫、大佛寺玩一趟倒有趣些。"

　　"若是不带人去，还要到些幽僻无人的地方，饿了没得吃，冷了没地方歇，那在我是什么趣味也觉不到吧!"

　　在笑声中云林心下说道："这个人，若不是从小就仗他好舅舅①的熏陶，此时只是个画师②罢了。"

---

① 赵松雪乃王叔明之舅。——原注
② 宋元所谓画师有如今日之画匠。——原注

三

一个月后王叔明又来到清闷阁上。

阁内寂然无人,书案上笔墨凌乱,窗上湘竹瘦影,婀娜摇曳着。正才过午不多时,他不忍去扰主人清梦,只在阁里徘徊。

忽见壁上新贴着三幅水墨画,过去一看,才知是主人的新作。

"来了多时了?"忽听背后有人这样叫。

"才一会儿。"叔明笑,"从今懒瓒的宝号可以不要了,已经写了这些画!"

"你看还要得吗?"

"我看荆关也不过如此。"

"荆关是不敢望的。"云林一向只推崇荆关,不像别的画家一味尊重古人,他是不信古定胜今的。

茶送上来,叔明一边吃,又道:"这几幅压倒当代一班人了,就是大痴也……"

云林谦让不遑地说:"大痴哪里及你?你却常把他放在前头。我总觉得他多少还脱不掉时下纵横习气。"

"他的浑厚蕴藉,倒是不可多得的。"

"蕴藉还可说，浑厚未见得吧？"

谈笑之间，不觉日斜。叔明潋行时，重立在画前着意看了一会儿，指着那幅《万壑秋亭》图说道："我最爱这一幅。以前你总是写些秋林平远、古木竹石之类。有那萧然澹简的意境，有那惜墨如金的笔致，格调自是高了；不过那是毫不费气力的。那种画说不出为什么，我总觉得有点不满意……"

"那是不满意我的懒吧。"云林笑说。

叔明见说也笑了，道："现在我明白了，从前你是缺一点蕴藉浑厚。现在你是不缺了。这万壑真写得出。"说着正欲走出去，忽然反身回来对着画道，"方才我总觉得今天的画有点新东西，从前没见过的，看，原来却是这个！"

云林顺着他手指看去，却是个亭子，正欲说话，叔明又道：

"你一向笑话我们爱把亭台楼阁搬到画里去，你是有了扶杖的人都嫌多余的。这回三张画里都有了这个，敢是有什么新见解了吧？"

"这个连我自己都未觉到！"云林笑说。他想到日前在山中遇雨狼狈的情况，很是好笑，"这里没有个亭子也许显得空一点。"

"这里，这里呢？"叔明指着那两张的亭子笑问。

"也是有个亭子好吧!"云林应着笑了，"其实我也没想到画这许多亭子。倒是有风雨的时候，没有亭子真不得了。"

"上回你上山去碰到下雨吗？"

"岂但碰到雨，差点冻死了。"云林提起来还觉得身上发冷似的，把手紧紧拢在袖里，"上山时便下细雨，那米家山水，倒是真迷人，我只顾慢慢走着玩赏，不知走了多少路，听见惠泉寺已敲晚钟，那是快天黑时候了。雨是夹着风大起来，雨伞已经遮不住，身上湿透，一边走一边抖擞，心想再找不到地方避一避雨，也许就冻死在这山路上了。"

"树底下，崖石底下都可以避一会儿的？"

"不行，不行!"重提起来还觉得可怕，也可知那天风雨是如何可怕了。"好在走了一会儿，忽有个砍柴的走过，告诉前面有个山亭可以避雨。"

"我问他讨了些柴，在亭子里烤一烤火，衣服才干了。天是很黑了，简直看不见路！正在不得主意，家里恰好派轿子找来了。"

"可见篮舆还是少不得的！"两朋友一边说笑走出去了。

四

云林五湖倦游回来正是黄梅天气，终日下着牛毛雨。阁里残余的书画，都黏滋滋地生一层绿霉，摸一下就得洗一回手。门窗关得黑得不见人，敞着却又不时吹进街巷臭沟子的气味。

连日虽然下着雨，清閟阁上却不断地有亲戚故旧来探望。他们都是带着专诚并人事来问候。主人一向怕会客，近来因家中减政，辞了阍人，有客来一直往里走，碰到面只好会了。主客寒暄三两言后，常默然相对。有些自以为解事的风雅人，就絮絮地与主人谈诗论画，推崇一番之后，便诚恳地请求墨宝。

今天又来了一群爱好风雅的客人，围了主人求诗画。云林耐烦不过，只得默然笑应着。正在无可奈何时，叔明恰好来了。

叔明见样，笑道："我看大家都同我一样主意，没收到画债是不甘心空手走的，好歹挥几笔吧。"

附近三几个亲友见说齐声道："来清閟阁如入宝山，

谁肯空手回去。好歹大笔挥一挥吧！"

云林苦笑着默默走进里阁画案前，心中纷纭不悦，懒懒地提起笔来。早有书僮把纸铺好了。

客人听见主人写画去了，一个个蹑足含笑走来围了画案。云林连头都不侧一下，只顾向窗栏出神。

一会儿伸纸连写了三四张竹子，以为可以了债了，谁知案前画纸却不绝地铺上来。众人口中说着好话，赔着殷勤的笑，放下笔走开去是神仙也做不出的。

云林只好毫不思索地一张张画下来，此时阁内气味渐浊，知意的书僮，又频频向宝匣内添香。叔明见他朋友脸色青黄不堪，只得上前说道：

"天已要黑，主人也得歇一歇了。"

那些已经拿到画的客人都答该去了。

作别时客人益发殷勤的恭维，三五个文绉绉的先生还絮絮地谈诗画，有一个年老些的高声说道：

"此真所谓写胸中丘壑，作文章所谓一气呵成，神来之笔也！"

云林已经疲乏极了，听着这样恭维话，更加不耐烦，低低叹道："写什么胸中丘壑，写胸中晦气罢了！"

几个站得远些的客人，尚未听清楚，那老者以为云

140

林必是答他方才的话,抢前说道:

"你说写胸中什么气?"

叔明早听清楚他朋友的话,他看了云林一下,代答道:

"他说,写胸中逸气。逸字下得好!"

大家很小心地记着这画家的话,当下殷勤道别了。

附志　云林画,一幅在日本东京审美书院曾影印过,《万壑秋亭》图,在北平文华殿内,其余有亭子的几幅,一在完白山人后裔手里,余者或见于《中国名画集》,或见于董其昌、王麓台、戴鹿床仿本。

云林事迹,见《历代史画汇传》,董其昌《画旨》,恽南田《瓯香馆》画跋,戴鹿床《习苦斋画絮录》及孔广陶《岳云楼书画录》,陈师曾的《文人画》。

原载一九三一年三月三十日《文艺月刊》第二卷第三号

写　信

（星期日早晨，隔壁张太太笑嘻嘻地抱着孩子走进伍小姐的书房。）

……伍小姐，好早呵！礼拜天还写字看书，真要考女状元去了吗？我等您的礼拜等了不知多久了，今天在床上睁开眼就听见教堂打钟，我急道，"阿弥陀佛，可等到礼拜天了！"我从前十天就想求您给写一封信，看您天天忙着上学，回来又看书写文章，不敢来扰您，心想慢些回他，也没要紧，不过，这几天他又来了两封信。

……谁？就是他的爹。小姐，您不知道开眼瞎子是多么苦呢。像您多痛快，有多少话，提笔就写出来。当初都

142

怪我的妈，我爹倒是死要我上洋学堂念书的，我妈怕上了学堂就变了自由女，上野男人的当，怎样也不放我去。前天我还埋怨她老人家说："你瞧，都是你当初不让我上洋学堂，现在闹到成个开眼瞎子！看人家伍小姐多痛快，'下笔千言'。再说人家还不是一样金枝玉叶地保重，哪里就会变成自由女？"她老人家也后悔了，现时天天送小侄女上学去。

……要写什么话呢，想说的话真是太多了。我常想真亏得您记那整千上万的字，要用哪个，就写哪个。我们不认得字的，就是想把心里装的几句要紧话，临时要哪句说哪句都不容易呢！不知为什么缘故我一见了像你们这样"水亮"似的小姐们，就喜欢得不知说什么好了。那回我同他爹拌嘴，还对他说："你别看我一定得死挨在你家里的，看我明儿就找事做去，我是不怕丢脸的。若在伍小姐家当做针线的比在你这狗窝里当奶奶强百倍。人家向底下人说话，从来没有大声嚷一句，哪像你们这没见世面的，芝麻大的事做差一点儿就火了。我还不是你的底下人呢！"您没瞧见过他爹吧？真是牛性子，一肚子草！若不是他开口就得罪人，还不早就是个营长。周奶奶的大儿子同他一齐进军营的，人家连团长都已经做了！听说新近还娶了个千金小姐做二房呢。

……他爹吃营里饭快十年了，现在还是个倒霉连长。一个月里不知哪天关到饷，除了关饷那几个死钱，一点油水也捞不着。每月家里还得等他关到饷才有钱寄来。若不是他的钱靠不住几时寄到，他早就该穿几件凉凉快快的小洋服了。你瞧，这一件小褂还是去年他的姊姊做了过节的，今年轮到他穿了，总算我会省了，饶这么着，他爹一见面还抱怨说家里永远存不下钱。

……我常说，大人是"残花败柳"，破破烂烂穿一穿没什么要紧，小孩子是一枝花，人人爱，除了没爹挣钱的就不该打扮成个小要饭的样子。小姐，你说是不是？他爹顶宠他，每回捎东西来家，只有他的，两个姊姊一样也摸不着。四姐儿还好，不当回事，三姐儿就常常生气背地里哭。我说："十个手指有长有短，有什么好比的。"

……总共生了七胎，只落得三个，不在的是三个小子一个丫头。死一个，他奶奶就怨天怨地地心痛好久，他爹就同我拌一回嘴。你瞧他爹讲的好笑不好笑——他那回在那里咳声叹气地难过好半天，我看不过就说："什么事都是命，反正阎王簿上没孩子的名字，小鬼也不敢来找。"他答道："你生得容易倒罢了，我养得不易呢！"我听了也不理他,只有到背后去掉眼泪。人家自己掉下来的肉还不痛吗?自从有了孩子,哪一晚上我睡过好觉,刚刚闭上眼,不是小二要撒尿就是三姐喊肚子痛,或是小的嚷肚子饿,一晚上不知要爬起多少回伺候这些太子爷呢。就是两个女的也没偏没向地一样操心。你看,我才刚过三十呢,头上已经不少白头发了……唔——小乖宝,不要动桌上东西,放下。小姐这里有大棍子打人的。

……"告诉奶奶?"哼,奶奶不信你的话了。奶奶爱小姐不爱你了。放下吧,不要弄坏了,真是惯得不成样儿了。乖——,好宝贝,放下同小姐行个外国礼。好乖乖,再行一个!拍手拍得好,数数几个手指头……好乖!你瞧,也不怪他爹宠他,这些玩意儿都没有教过,他都会。他真会哄他爹,上回他爹来家,见了面别提多亲热啦,满口地叫爹爹,两个姐姐就不是,见了爹红着脸飞跑。他爹恼了,往后总没睬她们。

……我也说女孩子最会害羞的,本来已经不见一两年了。其实他两个姐姐倒不见得比弟弟笨,"狗也会看人摇尾巴",见大家不爱理,自然就不逼能巴结了。他二姐还未满十一岁,弟弟的小鞋都是她做的。她的三姐,学堂考试,还得了一个墨盒四支毛笔的奖赏呢。算来这年头男女都是一样，像王大小姐不比儿子强吗？一个月挣一百块，一个大子不留下，原封交她妈做家用。王老太是一天比一天讲究了，绫罗绸缎四季衣服点着穿，上回去吃酒，又见她穿一套新的，可惜脸上搽多厚的粉盖不上皱褶。他奶奶比王老太还大五岁，打扮起来却比她年纪小好多似的。上回他爹捎了一件缎子衣料回家也没有说明给谁买的。我说，一定是给奶奶捎的了，儿子第一个想到的一定是他妈，再说她熬了多少年才熬到儿子成人，也该穿一穿了。她还不肯要。我立刻叫了裁缝来裁了。前天穿了去姑奶奶家吃酒，谁看见都说这个老太太愈上年纪愈漂亮，真是老来娇。她老人家一照镜子也说连自己都不相信这是她自己了。您信不信，若说吃穿都是命里注定的。您看王家大小姐不论穿什么考究衣服，总是晃晃荡荡全身不服，您是不管穿什么都是熨熨帖帖的是样儿。这可是又应了俗话说的"父打扮娇，夫打扮娆，自己打扮顶无聊"了。

……小姐真会说笑话。他也不打扮我，我头发已经快白了！说给人听，真没人信，我来他家十二年了，他从来没有私下替我买过一样东西，一条手帕儿也没有过。从前我想起来就有点伤心，现在不了，他天生是个粗心人,怪不了他。这一回捎东西都是我嘱咐了又嘱咐才记得的。本来"大丈夫四海为家",他们出去就不会记起家了吧?

　　……小姐是到过河南的, 听说那里的风气很不好,这是我兄弟的朋友讲的。那里的军官差不多都有女朋友。他们的女朋友,大半都是女学生,其实是什么女学生,斗大的字不过认得三升,还会叽哩咕噜瞎聊一两个洋字吓一吓人,那些没开过眼的军爷见了就佩服得了不得,天天跟着她们跑了。据说没有女朋友挟着走路的大家都喊他做"老憨",那就算不"文明"了。我兄弟说:"什么女学生女学生的说得好听,其实还不是婊子装的。那些军官大包衣料、大瓶香水地送给她们以后,两人就好到分不开了。"我兄弟叫我也要提防我们的那个。……这可把我闷死了,河南离这儿不知有几千万里路,他那里唱过多少台戏,我也听不到一句呢! 前天我同王老太太讲心事,她说:"男人心,海底针,摸不着,捞不着的,别太相信了好些。什么叫做丈夫,只好叫尺夫,离开一尺就不是你的夫了。"

　　……若说他,本是一个老实人,这我信得过的。不过王老太说:"愈是老实人愈容易做出风流事来。"她老人家教我写信去提醒他,她说若是没有这事更好,若有就叫他醒一醒,不要叫人迷住了。小姐,您瞧,写信时能写出这意思吗?上回我找了一位本家老爷写信,他说:"写信不比说话,有许多话是能说不能写的。"

……我也想不出怎说好。她老人家告诉我可以这样说,近来有个亲戚要去河南,我想同他们一道去,看他回信怎说就知道了,话这样说他会明白吗?可是又不能说人家叫我这样说看你怎样答的。这样说他会知道人家教给我说的吗?可是他来信问我为什么要去,我又怎样回他,能说我存心冤他吗?

……我看这真不容易写呢。还是不要写吧,啊呀,放午炮了,怎么我没有说上几句话就这时了!过得真快呀!您不要就用饭吗?

……小姐,您不要客气。……既这么说我就说一句您写一句吧。请您说,信收到了,家里大小都平安。叫他有便人再给捎件衣料来。……您写了没有?这还是不写好些,恐怕他那里人多看见了要笑话我问他讨衣服呢。

……他说叫我抱孩子照个八寸相片给他寄去。那天我就抱他去照相馆一问要三块钱两张呢。有这几块钱可以替他做件新衣服过节了。可是这话又不能这样说,恐

148

怕给他的同事看了见笑。再说，小姐，别看我们家里穷，他爹向来不许我向他提到钱的。他顶恨的是两口子见面就讲钱。他说像大房里的大娘，他真怕见她——又爱讲话，讲的又满都是钱。有一回他去瞧她，见了面提到还未关出饷的话，她连忙就对他说穷道苦，什么租收不到，什么税又要添，叫他莫名其妙地不知说什么好，回家对他奶奶学说，才知道这是他大娘怕他去借钱，所以说许多废话。以后他永远不肯去看她了。

……您说叫他不要挂念家里，他奶奶身体好，孩子也乖吧。这些话刚才已经写过了是不是？……还写什么呢？真是话太多了。啊呀，前院老太爷喊开饭了，小姐要去吃饭了吧？他奶奶也要等急了。请您把信封写了好寄出去。

……两句话也很够了。只要他接到信就好。谢谢小姐！乖孩子，下地，再行一个外国礼……

(收入短篇集《小哥儿俩》，1935 年 10 月，上海良友图书印刷公司)

无　聊

　　"天像是给人斗气,下了七八天雨还没够,一清早又是一个'大黑脸'。瞧吧,还要下呢!"如璧起床时便很生气地自己咕哝道。

　　院子里倒还好,桃李花落完了,枝子上却长了青翠的叶子;只是房子里到处都有一股又潮又霉的土腥味儿,随你摸到什么,都是腻滋滋的。食物橱里装在瓶罐里的东西,上面都似乎变了色附着一层霉。"放在显微镜下,管保你不看出多少花鸟虫鱼呢!"如璧一边想着早上对义生说的话,一边不耐烦地把橱门大敞开,把有些发霉的东西都倒出来,瓶子甩过一边,指着向张妈道,"你拿出去吧，不要了。"

张妈是如璧家用了十来年的老仆人，她常常不自觉地把主人的家当作自己的，闻言正色答道："干吗掷呢？掷了又要花钱买。等好天晒一晒吧。买来的还不是一样发过霉的。您没有瞧见，他们铺子里冬菇哪、虾米哪，哪一样不发过一点儿霉。卖给你的时候，拿出来收拾收拾就是好好的东西。"她说着就把桌上的东西一样一样捡起装回瓶子罐子里，连正眼都不瞟如璧一下，这掷的像是她的东西。

如璧怏怏地走过一边，没有话说，对窗立着。天还是搭丧样儿。看那重重叠叠的乌云，像是永远不会有晴天的了。

"我看过一半天，天晴了，买十担二十担煤放着，倒是本应的事。"张妈又开始教训人了，"不是我爱说话，我瞧您花那么多钱栽花种树就不是事。常说前人种果后人收，您保得住永远不搬家吗？搬家，这都只好白白地送了人罢咧。这年头儿，钱……"

如璧怕张妈要滔滔地说下去，不得不止住她："咱们中国人就是不肯花钱栽花种树，住过的房子都是乌烟瘴气的一团糟。人家外国人住过的地方都有个样儿，你看

151

人家文华书院就像一座花园。"

"您说这个？人家外国人过的是什么日子！中国乱，他们溜回去就得。"

张妈说得一点不错，中国人凭什么同人家比呢？如璧偶然望到张妈脸上得意的神色，不觉心里倒起了反感，说道："你们什么都要管一管，人家花自己的钱买花买树，你们也要不断地说来说去。什么是本应的事，你们看顶好就是吃饱了饭什么都不做，坐在家里等天黑。"如璧想到那天她在楼上听见张妈窃窃与隔壁的女仆议论，一个女人家只守着书房，挡得什么的话了。她说完便匆匆地走上楼去。

上到楼来，不知做什么好，想到自己方才急急地走开像煞有介事一般，不觉可笑。可是想到自己的无聊，又觉得可怜。她气呼呼地走到衣橱前打开门，想换一件单衣，换换精神，不想橱门一开，一阵潮腥气冲人鼻孔，很不舒服。

她恨恨地把橱门一摔，叹口气道："老这样下去，人也要发霉了。"

其实人总有一天乖乖地躺在土里发霉的，有什么稀奇呢？就是现在有口气，能行能坐，身体里面有的部分也许已经发霉腐坏了。病痛是一年比一年多,这不是顶好的证明吗?

想到这里,她觉得这几天的懊恼生气更是无聊,可是除了暗地里生气落泪,又会怎样?

无聊,无聊,都是无聊,她一边念着却想起不知谁骂人的话来——"什么颓唐无聊,都是无病呻吟罢了,总而言之,这是懒罢了……"她一向觉得这话很对,常常记起来骂自己,今天却又用得着了。

对了,懒是可耻的,懒是一种不可原宥的恶习惯。想到这里,她便走到书桌前拉开抽屉把一月前译开的书及稿纸拿出来。拉一把椅坐下,一边研墨一边沉着心读那本要译的书,读得有点会心处,不觉心里轻松了一些,念过一章,提笔译了两行,忽听得前门一片咚咚声响,张妈连忙噔噔地走去开门。

"太太在家,您请坐。"张妈带笑说,声音是那么高兴,好像忽然遇到亲人一般!如璧郁郁地掷下笔。有什么法子,下去吧。

客人果然亲切,望见主人,远远地便含笑相迎道:"我有好几回想来看你,总没得空来,你们都好吧?"

"都好,谢谢。"如璧想了一下才想出一句话来回答,

153

"天总不好,我也没有出门,也没去看你们。"

她常常不明白那些太太们从哪儿来的许多话,说出口来,又现成又得体。还有那样亲切的神气、随和的笑,都出人意外地来得快,怪不得有些男子说女子是怪物呢。

"像您现在才是自由自在呢,没有孩子吵,房子里收拾得多精致呵!"白太太又开口了。

"哪里讲得上精致,都是粗东西。"

"我们想收拾也没法子,你瞧那五个小猴子,什么时候能停手停脚的。房子里什么东西都不能有个准地方,禁得住七手八脚地搅吗? 真是,'一儿一女一枝花,多儿多女多冤家'一些不错。没法儿,幸亏他们还怕父亲,若不,闹起来,连房子都拆了。"

如璧想到前六年,白太太就讲说要节育,那时只有三个孩子,为什么又添上两个呢? 白先生是瘦得像只猴子,实在不能再加增负担了。

"你的孩子都还算安静的, 两个大的已经很像大人了。"

"你没见他们淘气时候呢!"白太太说到儿女,她的得意文章来了。她重新又讲了二宝三宝两个怎样调皮,父亲怎样没法子，四宝五宝怎样争认如璧太太做干娘，这故事如璧似乎听过至少三次了。

主客对坐直讲到一碟瓜子吃到露底子，张妈忙着献过三回茶水，客人才抱歉地起身告辞。

看白太太坐在洋车上得意自在的神色，越发增加她的沉闷，为什么会那样得意呢？平白地做什么来呢？五个小猴子早晚吵一个不安生，长成了人还不知要耗多少心力，还能这样心平气和的，真也亏她！看到这样女人，如璧只有佩服，再也不忍苛求什么了。

上到楼来，心里仍沉不住。走到凉台看看，各家的屋瓦还是如常的一个挨一个稳稳地躺着。梧桐已经开过花结了元宝荚子了。东边的人家，有女人哭声，大约夫妇又在相骂了吧？他们时时拌嘴，可也常常并肩携手出门。年纪都也不小，是都三十边的人了。

南边是一个有七八个小孩的大家庭，那个四十左右的母亲，每天都摇颤着臃肿的身子，牵着或抱着孩子走出走入。脸是灰黄地肿着，眼睛老像睁不开，衣服总不见换，又是满了皱褶，胸前一片精亮的，不知是积了多少时的油垢了。她不停地讲话却也不住地叱骂孩子呼唤仆役，夜间人家都睡了，只见她一人坐在灯下等丈夫回来，有时还巴巴地到厨房做消夜给男人吃。这像是个铁打的人，磨折不坏的。

再过去两三家是一所小洋楼，里面住着一对年轻夫妇。男人天天清早便坐着包车去办公，直到晚上六七点方回家来。女人将近十一点收拾停当了，夹了小皮夹坐了包车出门，回来时总是两三点钟了，车上必是放着一包一包的东西，衣料包子或鞋盒子吧。有时还有两三个年轻人同来，手里都满了东西。同来不久，大家又匆忙地出去，直到半夜，这女人方才同丈夫回来。女人不出门时却又时常请客，客都是年轻人，间也有一两个时髦女子伴了来，楼上话匣的歌声乐声以及人的笑语声，隔一条街都听得见。附近的人都莫名其妙地望着，据说这是城里一个小沙龙，是摩登女人做的最漂亮的事了。

看了这几家，她想起某名士解释的家就是枷及家从宀从豕的滑稽字义的不为无理了。

但是一个好好的人，为什么要给他戴上一个枷？一个好好的人，为什么要给人像养猪一样养着？愈想愈无聊，她离开窗前，很重地倒在一张藤椅上。

对了，猪是该无聊的呵，它除了吃饱了就睡，睡足了又吃，还能有什么希望呢？猪，安安静静地在猪圈里歇歇吧！她心下念着，嘴边浮出苦笑，一会儿忽然跳起来走到写字桌前提起方才用开的笔。唉，天呵，楼下又嘭嘭的有人敲门了！

没有人声去开门，她只好又跑下去。

门开了，一个工人送回义生一封短简。他说中午不回来吃饭，明天三伯母请吃饭原来是三伯父的生日，教如璧赶紧买一样礼明早带去。信上且说"礼要值钱而又易携带的东西方好"。

她看看手上的表已过十一点三刻了，这一个早晨又算白过了。午饭完已是一点，再过一趟江，便两点了。那么多么烦腻呵，游魂似的一间间铺子去飘荡，想起便使她头痛。她时常听见太太小姐们眉飞色舞地讲到怎样买东西，哪一间铺子贵，哪一间贱，哪家有什么货色，哪家缺少，翻来覆去，像唱一支名曲那样有兴致，且记得却又那么丝毫不差，她只有张大眼深致敬意。

如璧到了汉口，已是下午两点了。天还涡堵着雨意。街道低凹处有一摊一摊的黑泥浆，马路旁边的暗沟透出又霉臭又腥膻的怪味儿。行人都似乎患着失眠症，脸上没有血色，连眼珠子都像是假的。

街上绸缎庄，钟表行，西药房，洋货店，参茸店等等，差不多都贴着各色各样的大贱卖广告。还有两家绸缎庄，门口扎了灯彩，有两家洋货店楼上还有军乐队在窗口奏着乐，热闹极了。路上走过的人却像没有看见，没有听见，他们仍旧惘然走他们的路。世上事原来都是矛盾的，把这灯彩同军乐队，搬到乡村去，够他们怎样开心欣赏呢！

"恐怕只剩棺材店没有贴大贱卖的条子吧！"如璧同时想起一些爱买便宜货、什么物价都打听过的太太小姐们，如若棺材店大贱卖的话，不知她们要不要进去打听打听。

她一路看着窗口陈列的货物，却想不出什么好。忽然想到三伯母常说的"人要衣装，佛要金装"的话来，她便迈进一家门口没有扎彩的绸缎庄。

一个头发光亮、穿着淡灰华丝葛长衫的伙计迎上来，柔声问要什么料子。

"看一看再说。"如璧沿着玻璃柜一边走一边看。

谁说中国人不维新呢？只凭绸缎来说，老年间的梅兰竹菊、祥云如意或是什么松鹤长春等等花色，现在已是完全不见，玫瑰及紫罗兰都嫌有点西洋古董气，新的花色居然都是未来派的图案了。

真是花多眼乱？她绕了柜子看了一周都选不出一样合意的料子，看了看表已经快三点了。

忽然在柜的一角有一束是虾青色的丝绸，花色却很幽雅，三伯父那样高大身子穿上这种料子多么合适呵。

"拿这料子我看看。"她决定之后，向伙计指着说。

伙计听到顾客的语气，脸上忽然罩了一层喜色，带笑说道："这是前天由上海到的新货，材料真好，没有一点人造丝掺杂在里面。价钱也公道，才一块五一尺，买的人多得很呢。昨天特税局长太太来剪了一件，交通银行的小老板也剪了两身。这是道地国货，现时大家正提倡国货，穿上这料子，恰恰应时。"伙计见顾客不作声，便把料子打开披在身上，洋洋地说道："您瞧，打开更好看，又大方，又贵气，穿起来同两三块钱一尺的双丝葛一般，谁也没猜到是一块来钱的货。剪一身吧？"

"等等再说。"如璧微微皱了眉，转身向玻璃柜中细看。

"这是新生活呢，比方才的更好更便宜了，"伙计从柜中抽出一匹青灰的素绸出来，道，"这料子只有我们一家有，别家做梦都没有想到呢。我瞧您也是智识阶级的新人物，"说着他很精明地瞟了如璧手上一卷报纸，"您一定也赞成这新生活运动。若不自己用，剪一两身送把人，也是一个纪念。您瞧，真好不是？"

如璧怕他又要打开，急说道："我出去看看再说。"

说完话她便走出铺门，伙计惊疑地望着她。

谁说中国人只重精神文明呢？你看，新生活运动发起没有一个月，就有新生活布匹给人穿了！如璧惘然在路上想着。送礼东西还是没着落，可是她再不要进绸缎庄了。

走了半条街，也没有看见一样合意的东西。偶然隔着窗看见一两样精巧的摆饰物，但是想着进去细瞧了不合意，空手出来，要看伙计幽怨的眼色，就不肯造次了。她有时在小铺子买东西，听掌柜如怨如诉地道着不景气的凄凉情况，她会忽然买了一件比普通价钱定得高许多的货物，那天买的铜壶就是如此作成的，可是过后想起这种行为简直迁得可笑，她会红了脸偷偷把那壶藏起来。买东西真是怄气呵！她想起不免又叹息了。

去到街的尽头，她仍然没有看见什么合意的礼物，其实也可以说她根本没有看。看过三四间铺面的玻璃窗，已经觉得累得很，有一两次，两三个行路人看见她停步向窗内望，他们也站住望，这使她更加烦腻。以后她匆匆地走着路。街上物事便像蒙上一层雾,看不清楚,她也不要看清了。

"烦死人了,回去,回去再说吧。再不出来当买办了!"她一边自道,一边走到人力车的前面叫道,"江汉关,一角钱?"

一个年轻人拉着一辆很整齐的车跑过来说:"一角钱,我去。"

她坐上去。车夫拉起如飞地跑。他的忙碌得意神气,仿佛车上坐了个了不得的大人物,路上车夫都啧啧地又羡又妒地望着他。

"这不是开玩笑吗!有什么事要人家这样飞跑呢?多么矛盾可笑,一个闲人叫人拼了命拉着飞跑。无缘无故耗这年轻人那样大力气,罪过,罪过!"她愈想愈不舒服,身上好像有十几个虱子东叮一片,西叮一片地难过。想到绸缎庄伙计的话,她更加烦闷,难道她自己真像伙计所猜的人一样吗?

"给人当作阔人总比给人看作傻子强多了!"她叹了口气,想到自己平白地坐了一辆车飞跑,真有点气。傻子,小丑,愈来愈不堪了!

忽然车子碰了一个穿长袍的人,他提高声骂道:"瞎了眼了吗？忙什么！"

如璧无意地回头望了一下，却遇到这骂人的正在投过一个轻侮的眼色。

"不错，忙什么？"如璧点头自道，"忙什么？坐在车上装忙样子给人看吗？"她想起从前在北京东大街上，天天看见一辆洋车拉着一个直着眼穿着奇怪衣服的中年女人。头一天她出来，大家知道是疯子就追着看，往后每天出来，大家都不注意了，有人指着问，方有人说可怜是个疯子了。

"像我这样坐在车上，多少也同那个疯子差不多了。"她想到不知哭好是笑好，最后她决定不坐在车上了。

"您买东西吗？我等一等。"车夫停下问。

"不，我不要坐车了。"

"不要车……"车夫是不愿意的声音。

如璧明白，不等他再说下去，便把一角钱塞到他手里。车夫懒懒地伸手接着，很疑惑地盯了她一眼。

不知为什么，她不敢抬眼回看车夫，她只觉得要赶紧走开才好。

她一边匆匆地走，一边却又自问道："忙什么？"

原载一九三四年六月二十三日《大公报》

异　国

　　昨晚蕙依稀记得被两个看护温柔的笑容和一阵花香送进梦乡去。半夜醒来,身子还觉得有点飘飘的,像驾只小艇,容漾湖水。

　　月光这时正穿过雪白的纱幕, 房内一切白色的东西,桌椅,屏风,水瓶,水杯等都给镀上一层银色,浮在空蒙的月光里。地板上几条长长的木香影儿,似乘着微风,悠悠地筛来荡去。这分明一切都像浸在水中,这般浮动却又这般幽静。

　　蕙揉了揉眼,记起"水浸楼台"的词句,但景物却是太凄清了。

低垂的帘幕，忽被风掀动，一阵似兰似梅的花香送过枕畔，她翻转身把额前短发掠起，睁眼一看，原来窗台上摆着一瓶白色的杂花，迎着月光吐艳，那是圣洁的艳丽。

"原来有一瓶这样美的花，谁拿来的？"她想着抬了抬头，觉得脑袋轻的，烧已退了。

她重复细看那瓶花，有百合、铃兰、蔷薇、燕菊、藤萝，原来一色全是白的。花插得修短适中，幽雅脱俗，瓶子是细竹编的罩子，更显得美了，是哪双可爱的手儿弄来的呢？

"像我这样一个飘泊异国的人，居然有这般清福消受吗！"她想着忽觉一阵凄凉，萦上心头，身子乏乏的，便闭上眼。

她猜想这些花大约是她的女友太田或小林送来的。她想起她们可亲的容颜及讨人欢喜的笑声，虽则她们俩长得不算怎样美。她常对人说，世界的美女人，日本最多了。因为日本的女人，具有十足的女性美。凡女人特有的好处，如温柔沉静、细心周到、爱美爱洁等等都较他国人完全。至于服从谦卑与态度的柔和更非西洋或中国女子可以望其项背了。蕙还清楚地记得一班女同学分别时的流泪，以及偶有小病时热心看护的情况。往时她因为日本女子的女德这样齐备，不免疑心这多少不会是真情，可是哪能每个人都装假，若是假得那样可爱，不也很好吗？

本来她这一次的病，只是流行性感冒，来住医院其实也是因为芳子的苦苦相劝。她含着泪发光的眼及颤动的声音是多么动人，呀，这可感的友情。

想到这里，她不禁又流泪了。近来因为自己时常生病，人变得很易伤感。每回病倒床上，泪汪汪地便记起她的母亲。她才过五十，头发便已斑白了。她梦寐不忘的骨肉大团圆，还不知何年何日能实现呢！她十几岁便嫁给父亲，熬了十几年寒苦家计，十只纤指磨成枯树枝，好容易父亲经济丰裕了，便弄了两个年轻女人进家来，她不得不忍气吞声做贤惠的大太太了。"这日子简直不是人过的，整个江山都让给人家，还得装出快活样子！"她时常听见母亲对她的姨妈诉说。她的话真有李后主词意那样悲恻。她对姨太太从不露一些憎恶颜色，父亲面前也未埋怨过什么人。可是在早晨起床时或午睡后她的眼睛常哭得红红的。吃饭时她常常用汤水泡小半碗饭很勉强地吞下去。

"我是想开了的,活一百年也是一死。若不是不放心你们姊妹两个,谁还坐这个牢!"母亲所说的不坐监牢,倒不是像新女子要的离婚或远走,她指的却是解脱一切的死。

同时她也想到她志气高傲的妹妹,她为了想替没有儿子的母亲吐一口气,远渡重洋念书去。这孩子,她还未知道世上有许多读好书依然不能吐气的人呢!况且中国内忧外患是一年比一年严重,政治与社会一样腐败,念好了书,怕也没有什么用吧!

她自嗟自叹不知过了多少时,猛然开眼,觉得房内已不像适才那样亮,窗外黑洞洞的,风已发凉,大约天将晓了。

"胡思乱想的竟辜负这样好的月色!"她自怨着觉得身子仍旧很疲怠,没多久,沉沉地睡去了。

朦胧中似乎有一只温软的手轻轻掠她额发,面前一阵白光闪过,蕙睁眼一看,原来是姓吉田的看护。她笑眯眯地拉她手说:"好多了,好多了。"

试过体温后,吉田去了,另一个看护端着一盘子进来,上面有一玻璃杯牛奶,一碟烤黄的面包,牛油果酱各一小碗,那朱红的托盘衬着雪白细致的器皿,更加美丽,这里又带出日本女子的可爱来了。

"你今天可以吃些东西了吧。已经退了烧了。"看护溜转着她的漆黑眼珠,带笑柔声说。放下盘子她就把蕙轻轻扶起,给她披了件白绒布外衣,用三四个软枕垫在她背后,然后用手拢顺她的乱发,一边说,"你有几天没有好好吃东西,怕没有气力多耽搁。我看你还是先将就吃点。休息一下,再梳洗好些。"

她说完便递过牛奶去。

蕙含笑接过来,低下头喝。玻璃杯里映出看护慈蔼亲切的脸,她觉得熟悉,却想不出几时见过。

"你的脸很熟,我好像见过你好几次了,贵姓呵?"蕙递过杯子问道。

"是吗?有好几个病人都说我的脸很熟,说出来却又记不起来。我叫上田丰子, 是那个笔画很多的丰字呢。"丰子含笑答,蕙忽然记起她笑起来的神气,很像她的母亲!

"上田姑娘,你笑起来很像我们家里一个人。"她怕说像老太太,上田不喜欢,所以只说家里一个人。

"真的吗?那多么好, 你不用想家了,多看我几回吧!"上田这回的笑更显得亲切了。

"你如果不嫌厌烦，我可是真要时常来看你呢。我朋友很少，而且都是新认识的。"蕙用感伤调子诉说着，但她没有红脸，因为她面前的人，像个母亲，自己便觉得是小孩了。

正在说笑，忽然邻近礼拜堂的钟连连响了许多下，窗外鸟声都似乎肃静起来。朝阳此时更显得美丽，木香棚底像有人筛弄金箔，闪着奇异的亮光。花香悠然吹进房来，使人意销。

蕙静静地吃着面包。丰子忽然走到窗前站着。

直到钟声止了，她方转过身来笑问："还要什么吃的不？"

蕙摇头称谢，却问道："今天是什么日子？我给病搅糊涂了。"

"复活节。你没有看见我们大家送你的花后面还有一个花蛋吗？"她此时笑得美极了，又温柔又天真，一边说着，走到花瓶前把花蛋送过来，顽皮地举到蕙的鼻子尖。

蕙笑着抢过来，举在手上看，啧啧地称赞："我半夜里就看见那瓶花了，喜欢得很。现在又加上这一个宝贝，该怎样谢你们？"蕙说着眼眶有点湿了。

"这算什么呢?你也爱花吗?我天天给你换新的好不好? 我顶喜欢插花了。"

"你们插的花真是一种艺术,令人愈看愈爱。"蕙看着瓶子的花,想到日本人家客座中,带有一瓶幽美的花卉摆在那所谓床间的地方。

"我们日本稍为好一点的人家, 女儿大了都要教她们学点插花的常识。"丰子说完"常识"两字,似乎怕人听不懂,重说一次 comman sense,她的英语,也正如一般日本女人说的那样, 像两三岁小孩子咬字不正确的发音。这声音在日本男子说出来,常令人心烦发急,女子口里出来,却加上一种孩气的爱娇成分。

"如此,我先谢谢你吧。"

丰子一连三天都是清早便来给蕙换一瓶新采的花。到下午吃茶时或黄昏前后,她便同另外两个看护来陪蕙谈天。说是怕她寂寞想家,给她解闷。

"你几时回中国去,带我去玩玩好吗? "这一天丰子笑问道,蕙还未答,佐藤姑娘便插口道:"李姑娘也带我去。"

"第一个就得带我。"山本姑娘撒娇地叫道。

"为什么?"丰子问。

"你们都说我像'上海小姐'，"她说着把额发往上一推，"你看，我再戴上一对珍珠耳环多像呵！"

"我明白了。这个姑娘想嫁一个中国老爷呢。她要戴珍珠耳环。"佐藤笑向山本说。

"瞎说，戴耳环便一定得嫁人吗？谁告诉你这个道理？"山本的脸飞红了驳道。

"你问李姑娘是不是这样规矩。"

"这倒不一定，平常大约新嫁娘都喜欢戴耳环做装饰品，女学生是不戴的，所以你们便以为戴了耳环的便是出过嫁的人了。"蕙代解围道。

"这也像我们梳日本髻的意思差不多，年纪大了快出嫁或新嫁娘都喜欢梳日本髻。"丰子说。

"我的父亲去过中国，他会念汉文诗。他还去看过苏州的寒山寺呢。"山本姑娘急促地要证明她与中国关系很深，"李姑娘，我没记错，寒山寺是在苏州吧？"

"没错。不过那只是一个名气大的古庙，现在已经没有什么可看的，不是古时的寒山寺样子了。"

"听说现在中国许多好地方都给战争与土匪毁坏了。我母亲昨晚祈祷时还替中国祈祷和平呢。"丰子说。

"我们今晚夜会，大家都给中国祈祷和平吧。中国打了这多时的仗，可怜呵。"山本姑娘说着，眼眶有点湿润，似乎要掉泪。

"将来中国太平，我真要请你们到我家住些时，我母亲一定喜欢你们——还逛一逛北京。"蕙很诚恳地说。

"北京真是好地方，我姊夫寄来一打名信片，上面是北京风景，唉，金黄色的屋顶，橘红色的围墙，白玉石雕刻的栏杆，简直像古画上仙人住的地方一般。我姊夫说若是我到北京继续学油画，一定很快地成了一个画家。"佐藤姑娘把一向的心事泄露出来。

"可惜昨天报纸又载着北京要打仗呢！"丰子叹了一口气说。

"千万不要打北京，上帝呵！"山本姑娘叹气说完向佐藤笑了笑。

"我们真的今晚就一同祈祷中国太平吧。"丰子说。

"下了圣经班，就在大讲堂合起来祈祷岂不好？"佐藤说。

当下这几个人高兴地谈了些别的话，临走时，丰子回身问道："李姑娘，你今晚要吃什么饭，让我告诉他们弄去。医生说你的感冒已经好了七八成，再过三四日便可出院了。"

"医生舍得她出院,我们可舍不得她出院。"山本姑娘顽皮地说,"你得多住两天再走。"

"谁稀罕住院呢,废话!"佐藤嘲笑说。

"我也不愿意走,我倒真喜欢再多住几天同你们玩呢,难得你们都同我这样要好。"蕙正色说。

"我看李姑娘欢喜西餐多一点吧。今晚菜单上有布丁。哦,你不喜欢那个西米布丁的,我吩咐他们给你做一个小的苹果排吧。"丰子接着说。蕙笑着点头,望着她们三人笑嘻嘻地出去。

蕙这几天浸在友谊的爱抚里,心里自有说不出的愉快。全身退了烧,头目都清朗起来,她不耐烦在床上多坐,她们走后,便轻轻溜下床来,拿过一本诗集,低声喃喃地念着。窗外棚底的小麻雀也似乎格外知趣,轻轻地唱着飞来飞去。天空蓝得同北京一样可爱,京都屋顶青灰瓦色调的平匀沉静,令人看了觉得真的到了北京了。

将近六时,忽然听见院前一片喧哗,人声嘈杂,来往脚步的急促声。"号外,号外!"看护妇尖声叫着。

蕙闷听一会儿,不知究竟发生什么事,欲等看护进来问一问,多时也不见一个人来。想按铃招呼,又怕事不关己,不便打听,便是房外仍不止的嚷嚷,虽然声音不大,但情形却异常紧张。

闷不过,她跳下床来,走到窗前向外望。太阳虽已下去,天上仍然没有云影儿,在棚上两三只鸟不动声色地蹲在枝条上,院内清静如旧,奇怪呵!

忽然石铺小径上有两个白衣看护走过,那小白帽戴得高高的认得是丰子。蕙急向她招手,她抬头望了一下,却似乎并未看见的样子,转过头去拐弯去了。

这时隔壁的日本女人大声说起话来:"真的这样多的日本人死了?支那人还配杀日本人!……"

蕙这时一切都清楚了,原是方才的号外带来这可怕消息。向来民族的仇恨是不息地被一般野心的帝国主义及心窄的爱国主义者操纵制造,有什么法子呢!正是迷惘时,有个年纪小的看护走过,投过难看与憎恶的眼色到她面上。呀,这不是那个常笑得很可爱的小姑娘吗?

正六时,听见邻室搬送茶饭,病人致谢声,温和存问声,特别清晰。她的饭却还未见送来。

直到七点半,天黑了,方有小看护送进一盘子装的西餐。她一声不响地放在床前的小台上,始终连眼皮都不抬一抬,像进了一间空屋一样。

蕙照例致谢,但声音也只有自己听见。

日本人做的饭食,本来都不好吃。今天的简直使人不能下咽。一碟冲鼻腥的炸鱼,一盘铁硬的牛排,尤其难堪的是菜里都未调味,盐碟子也未拿来。一个西米布丁却像放了一把糖精,甜得令人头晕作呕!

她尝了一口布丁,便连忙推开盘子,和衣倒在床上。

在床上她想来想去的是明日怎样出院,怎样回国,一夜里连醒了好几次,天还未亮。今夜皎皎的月光虽然依旧穿进窗来,床上的人却一直面朝着墙,并不理会有什么月色了。

原载一九三五年三月八日《武汉日报》副刊《现代文艺》第四期

死

　　枝儿记挂着隔壁新搬来的王伯伯昨天答应带她去打鸟的话，天还没亮便醒了。房内东西还看不清楚，窗外白茫茫的似乎是雾，西边的天挂着一团黄黄的月儿，像一盏不够亮的街灯。对面床上，睡着的青姐英姐，一递一接地在打呼，声音很黏慢且匀适，尤其是青姐，弓起她肥圆的后背躺着，简直像一只睡猫。

　　愈看愈像一只猫。枝儿不由得想起来拍一拍青姐才合适。她起来解手之后，便走到对面床边轻轻用手摩抚着青姐。偶然抬头看到墙上一团黑影动着，心里有点害怕，就低叫道："青姐姐，青姐姐。"她平常顶喜欢青姐，因为她只比她大三岁,也不像英姐那样摆大姐架子。

"枝儿,干吗不睡觉来吵人?"英姐倒给搅醒了,她睁了眼嗔道。

"天亮了。"枝儿不敢说怕黑。

"瞎说,窗户外面漆黑的。"

"不黑,有月亮呢。"枝儿很得意地回答。

"有月亮就没有天亮,傻孩子。你再不回去睡,我就喊妈妈了。"英姐说完,不屑理会地翻转了身,面朝着墙。枝儿磨着还不回床去,她怕墙上的黑影子,她也不敢望窗外了,怕看到别的什么东西。她把头伏在青姐的大腿上。

青姐睡得真香,她仍然重重地打呼。英姐过了一会儿见枝儿仍不肯走,觉得这孩子太不听话了,于是低声喝道:"快回你床睡去,枝儿怎么愈来愈不听话了。你不走,我就叫妈妈。"

挨了一下,枝儿亦知拗不过大姐姐,于是慢吞吞地踱回小床去。幸亏此时墙上黑影已经不见了,房内稍微比方才黑暗,枝儿这时才觉得有点发凉,赶紧爬进被窝里。

她躺下便又想起王伯伯答应她的话来,一种微温的喜悦暖暖地浮上心来。她似乎看见后面岗头（那是妈不许去的地方）的大树林，树枝上有千百只花花绿绿的鸟，长尾巴的，带冠的，孔雀那，凤凰那，在儿童故事书上看到过的都有。王伯伯于是问她要打哪一只鸟，她伸手一指，那只花尾巴的，砰的一枪，便打中那一只了。她赶紧跑过去拾起来，于是王伯伯又问她要不要林里的野兽，小白兔那，梅花鹿那，花狸子那（她没敢想到狮子老虎，那是野人像非洲的黑人之类才会打得到）。这回她要什么呢？要个小花鹿吧。他给她打，一打便中了……于是她手里提着鸟，抱着鹿跑回家来，谁都抢先迎着她要接过她手里的东西……

想到这里，枝儿笑了，眼皮也有点乏了，竟不知不觉地入了梦。梦里更好了，有高高的山，有大大的树林，有各式各样的鸟，在林里一边唱一边飞，像那次看的图画片子上《小娃娃在树林里》一样，她是那个妹妹，青姐姐是那个小哥哥。可是不好了，风忽然刮起来，面前飞沙走石，树林子吹得乱响，她们俩赶紧藏在树窟里躲避一下，等到风停了她伸出头来一看，树枝上站着都是瞪着大眼盯人的猫头鹰，那神气吓得死人。青姐姐呢？也不见了，怎好呢。

她出了一身冷汗，睁眼一看，原来人在床上，已经天亮了。青姐及英姐都已起床，窗外太阳黄澄澄照着天井，阿乙姐已经在那里蹲着洗衣服了。

"晚了吧！怎办呢？"枝儿赶紧跳下床来，跑到洗澡间去，妈妈姐姐们都在那里漱口洗脸。

"枝儿过来，我得给你好好地洗一洗脖子了。"妈妈叫道。

"妈，晚了没有？"枝儿犹疑地问。

"什么晚不晚的？"英姐笑着逗枝儿道，"你上学校吗？"

"王伯伯答应带我去打鸟的，他叫我天蒙亮跟他去。"枝儿走到妈妈前说道。

"王伯伯早去了，你看一看太阳到哪儿了？这早晚他也许该打过鸟回家了吧。"

枝儿向来被称作好脾气的孩子，见妈妈这样说，她知道今天是没有希望跟去打鸟，可是心里未免觉着不快活。洗漱完毕，便一个人跑到大门口张望去。阿乙姐眼挺尖，瞅着便说道："人家早去了。你睡到太阳晒屁股都不醒，你又不是潮水，人家非等你不可吗？"

枝儿多少明白阿乙姐的讥笑，可是没有话答她，只

178

讪讪地倚在大门板发愣。

"我说,你先去吃早饭吧,小姑奶奶。人家真的早就走了。"阿乙姐瞅着不耐烦叫道。

枝儿一阵风地跑到堂屋,匆匆吃过早饭,便拉着青姐姐到隔壁门口打听。幸亏去了,王伯伯果然已经回来,且打了一背袋的鸟。

"枝儿来看呀,这一排都是我今早上打的。"王伯伯很高兴地指点着,他笑得很和气,吸着烟卷,这烟的味也变得很好闻。

枝儿拉着青姐姐的手,睁着她长而大的眼很羡慕地望着——一只山鸡,三只野鸭子,四只小麻雀,还有一只红脖子的不知是什么鸟。那黄尾巴的真好看,王伯伯也要吃它吗?

"这一只吃不得,我想送到中学堂做标本去。"王伯伯说。

"什么标本……"枝儿刚问起头,青姐姐便止住她道:"标本都不懂,就是英姐姐学堂那玻璃柜内的假鸟。"

"怎样做的?"枝儿又问。

"就是把打死的鸟装了药留起来,英姐姐告诉我的,王伯伯说对不对?"青儿说。

王伯伯笑着点头，一边低头问枝儿道："你昨天不是说要早早起来跟我去的吗？我今早等了你好一会儿呢。放完春假，得等夏天我才回来了。"

枝儿嗫嚅着不知怎样答好，想告诉他半夜起来的事又不知怎样讲起，脸红了一下，一会儿她低声说："王伯伯，我昨晚做梦打鸟去了。"

王伯伯听话哈哈笑起来，拍着枝儿说道："你长大大约是个诗人，事情未有边儿，便先做了梦。做梦同谁去？打了什么鸟呢？"

"我梦见你给我打了一只山鸡，一只小梅花鹿，好玩极了。"枝儿答。

"有意思。我把这一只山鸡送你，青儿要什么，挑一只野鸭子也好，这一只毛色好看。"王伯伯说着把山鸡递了给枝儿，野鸭给青儿。她们俩像接着珍奇宝贝一样，紧紧地捧着，连跑带跳赶回家去。

"妈妈呢，妈妈在哪里呵？"青姐向阿乙姐嚷着问道。

"妈妈到四宅去了。"阿乙姐答。

"干吗去？"

"四叔婆今早上咽了气了。妈去帮忙招呼招呼。"阿乙姐坐在厨房择菜，忽然看到孩子们手里的东西，嗤的一声说道，"把这些死鸡死鸭捧宝贝那样捧回家来，真是笑话！"

"王伯伯说可以吃的。"枝儿忍不住回道。

"吃是可以吃的，谁说不可以吃呢。只是'捡一条鞋带累身家'，什么冬菇那口蘑那，要多少贵菜赔下去才好吃，做起来真有打一回醮那么费事，好，你们，磨尖了嘴等吧，小姑奶奶！"阿乙姐一口气讲完了这一段话，脸上似乎有点不耐烦。青姐见她完了话便把手上的野鸭甩在砧板上，一溜烟跑了出去。

"你也放下吧。还是枝儿老实叫人疼。"阿乙姐叹了一口气把山鸡接过来。

枝儿把山鸡放在砧板上，看见阿乙姐脸上已经很随和，于是她便问道："我帮你择一择菜好不好？"

阿乙姐把一捆竹叶菜甩向她面前，说道："好，来帮忙。可别'愈帮愈忙'呵！你不要动别的，只把这菜老的梗子择去便得。"

"阿乙姐，这菜心是空的，可以做一只水烟袋呢。我看见五叔婆昨天吃来的。"

阿乙姐见提到水烟袋，放了菜便坐下来，枝儿明白她要吸烟，拿条纸捻点着火递过去。阿乙姐这一来乐了（枝儿也许还记得昨天阿乙姐高兴时掏出一包脆皮花生给她,所以此时也格外起劲巴结)。

"咳,我常跟你妈妈说青儿他们都调皮,只有枝儿一个人挺忠厚可怜,给她什么就要什么,向来不挑什么。"阿乙姐长长地喷出一口烟,抽出烟筒,使劲地吹一下烟屎。枝儿被夸,更加坐得稳稳的,用心择菜。

"你乖乖的地择吧,等一会儿我带你找妈妈去。她也要叫一下才好回来,若不,又要累出病来了。"阿乙姐吸烟三四次便够,她放下烟筒道。

"阿乙姐,什么叫咽气呵?"枝儿忽然想起方才的话问道。

"死了就是咽气。"

"怎样死了?"

"死就是死啦。"阿乙姐不耐烦起来。枝儿听得出她的口气,她怕烦了她。

恰巧阿三走进来喝茶,他坐在竹椅上拿起水烟筒便递纸捻叫枝儿点火。

"你倒会享现成福,人家刚洗过烟袋,你就吸。臭美!"阿乙姐盯了阿三一眼道。

"抽几袋烟还会抽掉什么?明天上市,我带一包新茶叶送你,好吧?"阿三笑嘻嘻地狠狠地嘬着水烟筒。

"得了,还好意思说什么茶叶呢,连这一次总听你讲过上十遍了。人家'事不过三',你是三个三都过了,还有脸说来道去。你的话只好哄小孩子。"

"这一回一定是真的,你不信,瞧着吧。'世上无难事,只怕有心人',明天七点钟,一定让您老人家喝新茶!"

"好,瞧着你这个有心没肺的人这一次哄人不哄。"阿乙姐把一大盆竹叶菜,使劲地甩到水桶里,哗哗地用水洗。

阿三一口气抽过几袋烟,忽然停下来说道:"说起肺,我又想起前天看见我二叔叔死得怎样难看了。关医生老早就说他的肺病没有法子治,难怪他常常害怕死。今天上街六叔告诉我昨天他们家接三,好几个人看见他回来了。六叔告诉我,他亲自听见他长长地叹气,抽水烟袋,坐在堂屋里,好像吃药的神气。"

阿乙姐默默地听着,郑重说道:"我常说人死了就变鬼,你总不信,这回该信了吧。"

阿三没有作声,枝儿忍不住问道:"阿三,你二叔叔怎样死的,死是怎么个样子?"

"咳,他咽气我没有看见,赶到他已经死了。大伯娘掀开白布单让我再见一面。唉,老天爷。他的眼睛睁得老大老大的,眼珠子圆得像一颗桂圆,很生气地瞪着。真吓死人。我哇地喊了一声便哭出来了,好在屋里人多,我还没吓昏过去。"阿三此时说起,还是兴奋,可见他当时吓得很。

"自己的叔叔都怕,你这小鬼头!"阿乙姐取笑道,"你的二叔叔年纪很轻,他是不甘心死的,所以眼睁得很大。后来有谁把他的眼合上没有?"

"后来大伯娘拿了一沓纸钱往他眼上一边扫一边念道一些话,好一会儿才把它合上。"

"这法子是对的,若不把它合上,他会睁到入殓都合不上。若遇到四眼的猫狗或命数不好的人冲犯了他,这死尸会瞪着眼站起来……"

阿三笑道:"阿乙姐,别说吧,你看枝儿脸都吓青了。"

"青天白日怕什么!"阿乙姐捞起洗好的菜,拿起烟袋、纸捻,这回阿三点着送过去。她吃过一袋烟,一边喷烟,一边感叹道:"我看世上什么都是假的,穿金戴银也得死,吃人参鹿茸也得死,真是俗语说的,'阎王注定三更死,谁敢留人到五更'。我是老婆婆了,吃也吃过,穿也穿过,就是没有玩过,若是阎王来传,我还有点不甘心。你们年轻轻的,日子还长着啦。"

阿三似乎很受感动,他脸上收敛了平日顽皮的笑容,叹一口气道:"我就怕死的那一天,心里不愿去,小鬼一定要催走。据说过了那条黄河,他们要你喝几口浑水,你就什么都不记得了。"

"不,先得叫你过一道桥,拉你上望乡台,让你望望你的家人,这就是接三那白天。阴间的白天就是阳间的夜里。"阿乙姐说起什么都不忘记表现她的渊博。阿三似乎想什么心事,也不开口说话了。

枝儿正听得入神,忽然都沉默下来,心内说不出的难过。

"阿三,你请太太回家来吃点饭吧,她这几天都没有睡好,今儿早上连点心都没吃,空一早上肚子,别空出病来。"阿乙姐好容易说话了。

阿三倒了一碗酽茶,喝干了再提一提鞋跟,立起来要走。阿乙姐又道:"你光说吃饭,她是不好意思回来的。你就说省城里来快信了,请她来家看一看。"阿乙姐回头看到枝儿无聊样子,又说道,"带她去拜一拜,看看和尚念经也好。枝儿的衣服也还干净,不必换了。"

阿乙姐这话好比见了一道圣旨,枝儿听了,又是喜悦又是惊惧。她紧紧拉着阿三的手跑了出去。

　　妈妈没有在家吃晚饭,到四叔婆家陪夜去了,阿乙姐很早就让小孩子吃了饭,她好早些匀出工夫来做点事,这是孩子们听熟的话了。其实她会多做点什么事呢?还不是坐在厨房多抽几袋烟,多骂一会儿人。英姐这样说。

　　"拉住她讲鬼的故事,我去叫她去。"青姐吃饭时向英姐道。

　　"我讲还不容易,今晚上你们怕黑做梦可别怨人!"阿乙姐原来就在厢房铺床,听见孩子们议论,高声插话,又冷笑道,"明天还要上学,黑夜睡不好,早上可起不来呢。你们当我把你们哄去睡,我好自自在在地玩吗?我还有许多事:我已经答应他们大少奶奶给她婆婆念四百张《往生咒》,我一刻都不得闲!"

　　"什么是《往生咒》呵,阿乙姐?"青姐的好问脾气又发作。

　　"人死了要早投生才好呢!多念一点《往生咒》,死的人就快快去投生了。"她答。

　　怎样是投生?英姐青姐都似乎明白了,只有枝儿纳闷。"什么是投生？"她忍不住问青姐道。

"人死了变鬼，由鬼再投生做人。好比你，从前也许是个……"青姐到底没满九岁，编笑话还很费劲。英姐可接着道："枝儿前辈子也许是饿死的，她不吃东西，就会肚子响，走路都走不动了。"

她们讲过闲话便到卧房去，两个姐姐因为惦记明天上学，收拾收拾，写了一篇大字便上床睡着了，只有枝儿，翻过来，调过去，好一会儿没有合上眼。

刚合上眼，便看见四叔婆躺在她的大床上，用白布盖着。床前烧着一炉香，床上摆着一只白纸做的幡，啊呀，不好了，一只猫走过，床上白布扑扑地动弹，那死尸要起来吧。她直瞪着眼，扑人面前来。"好怕，呀，妈妈……"枝儿把被窝儿紧紧地盖着头面喊道。

叫了好一会儿，也没有人来。她再也不敢把头伸在被窝儿外面。可是，她看见四叔婆穿着她的宽大的黑绸衣服，拿着一只白纸剪的幡，一个人孤孤零零地过那道长长的桥。过了桥，她慢慢地踱上一座台，台的四周都是云，云里是些丑怪的人，不，是些怪样子的鬼！

"阿乙姐——阿乙姐——"枝儿大声喊道，浑身都是冷汗。她觉得全身一点儿力气都没有，手足软绵绵的。她把脸伏在枕头上趴着睡，想什么也看不见。可是，耳朵倒特别好起来了。谁在楼顶上走呵？咯嘚，咯嘚，像小脚娘儿们走路的声音。咳……谁在叹气，想心事似的(像阿乙姐骂人常说的)。咯嘚，咯嘚，又走起来了，家里没有缠脚娘儿们！鬼！四叔婆缠脚……怕呵，她瞪直了眼从床上翻身坐起来，又看见她。枝儿把被窝儿一端，从床上爬起来，一边高声叫道："青姐姐，英姐姐，快点快点快点！"

她见叫不应，又叫了一遍，想着跑到对面床上，脚却像坠了一个砣子，再也动不得，只好坐在床上发愣。心跳得厉害，快要跳到口里了。

房内本来没有灯，只借隔房的洋油灯的亮照着，房内大概可以看得见。不知谁开了窗竟忘了关，此时忽然刮起风来，就把洋灯吹灭了。接着套房的门嘭地大声打着墙，前面的门被吹开了，一阵冷风直吹进来。枝儿打了一个冷噤，不由得睁大眼。唉哟，一个黑影在房门外！

枝儿觉得忽然全身发热，猛地跳下床，赶到对面床上，抱着青姐的脖子，狂喊起来。

"怎回的事呵？"青姐醒了急问道。

"一个黑影子，我看见。"枝儿颤声指着外面，身上抖得怕人。

"唉哟,英姐姐。"青姐也颤声喊起来。

英姐早就被吵醒了,她怕妹妹们看轻她,说她没有胆子,只好把头躲在被里藏着,可是浑身发汗,此刻见两个妹妹又哭又叫,她只是个十一二岁的女孩,早就吓软了。

她们俩见喊她不应,忽然一种惧怕袭上心来,她们同时都觉得英姐好像已经死了,白布被窝儿蒙着脸,真像四叔婆那样子。

"我怕……"青姐猛地踹了被窝儿,甩了枝儿往门外跑。枝儿发了狂似的牵着青姐的衣服跟着走。她们两出人意外地逃出去。英姐忽然也被惊吓袭住,拨开被窝儿,也跳下床来,颤声喊"等一等"。

两个妹妹什么也听不见,什么也想不起,只见后面有个影子赶来,只顾向堂屋狂跑。堂屋的灯好在还亮着。

"什么事啊?什么事啊?"阿乙姐正洗着脚,此时光了脚从厨房跑出来到堂屋喝住问道。

枝儿这时抱着阿乙姐的腿呜呜地哭起来,一句话也说不出。

青姐及英姐都瞪了眼，颤声叫道："看见……看见……"

"这房子干净极了。不会有什么的，别瞎说了。"阿乙姐竭力镇定地说，可是她也不敢再提"鬼"那个字了。

"我听见有人在楼顶咯喽咯喽地走路，像四叔婆……"

"呀……"青姐也抱了阿乙姐的腿叫起来，英姐站得更近这一堆人。

"还看见什么？"青姐问道。

"她从床上……"枝儿没待说完，便呜呜地哭起来，抱着阿乙姐更紧了。

英姐此刻也搂了青儿叫起来。

"怕……"

还是阿乙姐有主意，她一会儿便在观音前，点了香看着三个孩子轮流地磕了头。阿乙姐点了灯陪着她们到卧房去，还坐着讲了观音十八变的故事。守着三个孩子都打了呼，方才好走出去。

原载一九三六年七月初版开明书店创业十周纪念《十年》

八月节

　　这年秋天，凤儿跟着妈妈和三个姐姐由故乡搬到京城的大房子来。凤儿在故乡时虽然听母亲说过京城的房子怎样大，那才是他们的家，因为爸爸住在那里。她常想像她的爸爸一个人孤零零地住在一所空旷旷的大房子里，像看祠堂的三阿公住在大祠堂里一样，多么冷清。到了京城她才知道她想的都错了。原来爸爸之外还有三娘、五娘、六娘以及七八个哥哥姐姐。老妈、堂差、厨子、门房，一大堆人。底下人常常有辞走的，有新来的，出出入入，到底有多少口，住了一个多月，还没闹清楚。

　　房子又大又多，头一天到时，跟着妈妈姐姐走进来，真有点不辨方向。像祠堂那样大的房子，一进一进的共有四进，每进前面有一个铺了大方砖的大院子。院子里差不多都摆着一对红绿漆的太平水桶，一对大石榴，一对夹竹桃；院中心还摆一缸生着莲蓬的荷花，缸里面还有金鱼。孩子们十个八个地常常联合在院里玩"耗子偷油""瞎子上街"，却还没有一次碰倒在盆儿缸儿上，可见够宽敞的。

第一进房子，凤儿没进去过，那是爸爸的会客厅、大饭厅。第二进是三娘带她的孩子们住的，凤儿只跟妈妈去过一两次，她怕三娘瞅着人哈哈娇笑的样子，还有秋菊瞧不起人的撇嘴。第三进是妈妈带着孩子同五娘住，五娘只有一个女儿，就是同凤儿很要好的珍儿。最后一进是爸爸的书房客房，六娘住在东厢房，说是专为照应爸爸。那里凤儿只进去过两三次，都是爸爸要见孩子们，叫李升来请去。爸爸白天会客还要出门办公事，到天黑又常常有饭局，自己的孩子，轻易没工夫见见。可是，"爸爸到底是爸爸，一空下来，就想见孩子了。"张妈见来请孩子去便这样说。爸爸似乎是个脾气很好的人，什么时候见到都是笑呵呵地问："上街去了没有？听的什么戏？"

他的书房里，靠墙摆着的一架一架都是书。凤儿常常纳闷那些书里都是印些什么东西，爸爸天天有客，哪有工夫看呢？他看不过来，一定很着急吧？她很想自己一个人走到书房问爸爸要几本来看看，可是一望到六娘没血色的长脸搽着很白的粉，像一堵白墙拦着路，便不能前进了。

花园在顶后面，院子旁有门经过夹道走去。那里凤儿每天都得去几次。吃过中饭，大人们都要歪在床上歇一歇，常常把孩子赶到后花园去。那里真是孩子们的"世外桃源"，妈妈给起的名字是不错的。那儿有可以藏两三个孩子的空肚子大槐树，有大枣树，有大葡萄架、大金鱼缸，真是应有尽有。假山石底下，还有蚱蜢、蝈蝈、蛐蛐，尽孩子去捉。天天去，天天有新玩意儿！

夹道可以通老妈子当差住的小院子，大一厅的是厨房，那是不准孩子们进去的禁地；其余几座小院是孩子们的"避世楼"，孩子要吵要闹，都送到那儿去。

凤儿是被人认为顶安静的孩子，她在这大房子里就像角落里的一只小猫，偶然到院子外走走，轻手轻脚的，慢慢地溜出去也像一只小麻雀。她天生是个柔和性情的孩子，什么都随便。也许因为她是妈妈的第四个女儿了，所以自己知趣一点儿，特别安静。她妈生她那一早晨，虽然住在四五十人的大房子里，知道她分娩的只有她随身服侍的张妈和一个老当差王升——因为要他去叫接生姥姥。虽然同住在一个家里，生下来第三天爸爸才知道又添了一个女儿，那还是洗三朝接生姥姥要家里各人的添盆钱，一定逼着妈妈通知大家。若按妈妈的主意，她是谁也不想让知道。"做什么叫人说又是一个……"妈妈在凤儿三朝那个早上含了一泡眼泪，向张妈要求不要通知人。"又是一个"什么，她伤心得说不出来了。这都是张妈同阿姐们说闲话时提到，凤儿听见的，她说着还只抱怨老天爷不睁眼，妈妈那样心好的人偏偏叫她"一个又一个"地生女儿，让别人瞧着趁愿开心！

凤儿到九月三十才满六岁，妈妈上月才满廿六岁，可是她已经发了愿不再生孩子了。只因为有一次爸爸的朋友介绍了一个很灵验的王铁嘴来给家里各人算命，算到妈妈的命，说她命中注定有七个千金，七个千金的命可都不差，她老运是极好的，并且这命是叫作"七星伴月"。大家于是传作笑谈。三娘因为自己有两个"传宗接代"的儿子，抖得很。常常冲着大家借故取笑妈妈说七星伴月原来还是月里嫦娥托的身呢。妈妈涨红着脸却还只好赔着笑。五娘听了不服气来安慰妈妈，妈妈便说："这都是命,怨人做甚? "可是在生凤儿之后的第二年,小产了一个六个月的男胎。那回她躺在床上,足足生了三个月的病。还亏五娘心肠好,她天天来看她,代她打理孩子。她病好之后,更信什么都是"命"。"任什么英雄好汉,也斗不过命! "妈妈同五娘讲心事时,时常这样下结论。因此凤儿虽只是小小年纪,已经很觉得明白什么是"命"的意思了。

中秋节那天下午,哥哥姐姐们都跟着大人出门,听戏的听戏,逛庙的逛庙,只有凤儿贵儿(三娘的小女儿,两岁了)在家,因为大节下,外面太拥挤,带了小姑娘不好走路,所以美其名叫"看家"就把她们俩留下了。凤儿先是自个儿在院子里逗了一会儿小白猫玩,又摘了青豆,坐在小凳上喂蝈蝈。天井里静悄悄的一地太阳,照在正厅的朱红柱子上,那红颜色,直晃得人眼酸。廊子底下一对桂花,香得冲鼻子,凤儿坐了一会儿,有点觉得不是味儿,站起来摘了几朵桂花放在手里搓揉着玩,手上滑滑的、腻腻的,闻了闻也没有什么好味儿。忽然想到妈妈临出门交给张妈的一包糖,就走到窗前,望见张妈同吴妈在补袜子,她喊道:

"张妈,你听过'八月桂花香,好做桂花糖'的歌没有？"

张妈把头摇了摇，慢慢地说道："一会儿大家回来，可别唱这个歌呵。"

"为什么呢？"凤儿近来已会看眉眼，从张妈脸上认真的神色，知道必有缘故，很想张妈讲给她听。但是张妈好一会儿仍不言语，便问道："为什么四姐她们可以唱呢？"

"小孩子真没法儿对付，打破砂锅问到底！"张妈咬断线头，向吴妈笑说。

吴妈道："你愈怕说，他们愈要问。可是有时候还是说明白了好，让小孩子记住不许说，他们倒是记住的。那回英小姐当着三姨太大声念什么桃花诗，什么'小桃红，小桃白'的，三姨太以为是四姨太主意叫她女儿当人面叫她名字给她丢脸，气得很，当天告诉老爷要他评评理。四姨太又是气，又是恼，好在五姨太去说开了没闹出事来。原来桃红是她在堂子时的名字。桂花又是哪一位的名字呢，我怎么没有听说过？"

"也是她的。她进门的时候大太太替她起的。因为老爷那一年正要来北京赶考，大太太说起名桂花，图一个吉利。这是月中攀桂中状元的意思。据说也是合该三姨太得时，真的讨了她那年，她生了三少爷，老爷又中了翰林。这一来，三姨太更美啦。她私下只逼着老爷给她置全套朝珠补褂，只差了一条没给买到正太太穿的大红裙。可是这样一来，可把大太太气得呼呼地有气出不得。"张妈眯着她的细眼，边穿针，边讲；穿好了针，她把线用力弹了几弹。凤儿明白张妈这样子一定是替大太太生气，便插嘴道："张妈，大太太是好人吧，我见过她没有？"

"连你七姐都没见过，你哪会见过？"张妈又接下向吴妈道，"她真是一尊佛爷，什么都不管，一只蚂蚁都不舍得伤害的善人。死的那年，简直更见吃斋念佛了。什么好事她都舍得出钱。可惜她就盼生个小子盼来盼去都不对心。许是命，抱怨不得。你瞧，她行了一辈子善，到头也没修着一个儿子送终。倒叫三姨太说便宜话还是得借她的儿子打幡。"

"什么借不借的，人家是正太太！照规矩，像王老太太家那样，姨太太平常都不能上桌子陪老太太吃饭，生了孩子都得叫大太太做妈妈，自己的亲娘反倒叫姨娘。"吴妈在王家服侍过老太太几年，后来因伙计赌气出来的。王家是城里有数的阔人家，所以她讲起什么都很得意地提一提王家是怎样的。

"人家那样才像个人家，哪像这里'三国演义'赛的！"张妈说定又用劲吐了口里的线头。

"张妈，我到后园玩玩去。"凤儿听见三国，便想到早上同两个姐姐搭的席棚子装说书玩的事，很有意思。

"去就去一会儿吧，可别祸害金鱼缸的水，你爸爸看见可不得了。"张妈喜欢拿爸爸吓唬孩子，谁知小孩子向来没有被爸爸骂过一句，他们难得见到爸爸，既遇到了，爸爸也还分不清谁叫凤儿，谁叫珍儿呢。

凤儿一溜烟奔到后园里。席棚子仍旧好好地支着，那破藤椅子依然摆在里面，一张临时用砖砌成的桌子也没人动过。凤儿看着很高兴，便走进棚子里坐下来："阴阴的好舒服呵。"

她正在得意，忽见珍儿很高兴地向棚子跑来，一边叫道："我当没有人，原来你倒在这儿呢。"

珍儿新近同凤儿更要好，她比凤儿大两岁，已经上了学堂，比凤儿懂事多了。大约因为喜欢凤儿比谁都听话，所以常常拉着她一块玩。

"你怎么没出门呢？"凤儿惊喜地问。

"胡妈半路说肚子痛，没到隆福寺就回来。回到家倒巧，她的当家带着她的女儿跟她拜节来了。"珍儿说话时，漆黑的大眼珠像八哥眼那样一溜一溜的转得很可爱,说着并把手上一小块石榴递给凤儿吃。

她俩靠在藤椅上吃石榴,珍儿出主意道:"这里很像街口的月饼铺,我们做些月饼,一包一包装起来,等他们回来卖给他们玩,好不好?"

玩开铺子是孩子最高兴的事,凤儿听见立刻跳起来说:"现在就做。我会做月饼,昨天王升带我到街口看着他们做了好多月饼呢。珍姐姐,像这样大的月饼都有,你见过没有?"凤儿说着用她一双小手比了比。

"像这样大有什么稀奇,我还见过像圆桌面那样大的。"珍儿也比了比。

"我不信,你哄我。"

"一点儿不哄你,真的,在舅妈家见过。她生日那天,人送的。饼上面有各式的花,有蝴蝶,还有闪亮的小珠子,围了一圈又一圈,极好看呵。"

"我们也做一个有花的月饼好不好?"

"对了,那回舅妈还给了我一包饼上摘来的小珠子,等我找出来放在饼上,你去叫张妈多和点面。张妈脾气好,一定听你话。"珍儿说过便跑了。

张妈果然是好人,居然给凤儿和了一大碗面。珍儿的珠子也找出来,两个人在棚子里做了好多样饼:有叫玫瑰的,有叫五仁的,有叫豆沙的,有叫椒盐的,有叫嵌珠子的西式月饼,各式各样,大大小小,摆了一大片。做好了饼,两人又到字纸篓搜罗装月饼的盒子与招牌花纸,跑来跑去忙得一刻也不停。到太阳快落的时候,棚子底下居然装潢得像个月饼摊子。她们姐妹俩端端正正坐在一包一包的月饼前面,很像卖东西的样子。先是珍儿派凤儿出去请了张妈吴妈来买月饼,后来又请了厨房大师傅二师傅都去后园一看。看门的老王升也拈着胡子在棚子内坐了一会儿,抽了几袋烟,神气很像个老主顾。棚子底下嘻嘻哈哈地笑成一片。反正上头人都不在家,平常轻易不到后园来的厨子门房,此刻都乐得来热闹热闹。

张妈真是个好人,居然还把她份内分到的一匣月饼,拿出来请客,还沏了一壶茶。这更增加了月饼摊子真实的感觉。两个孩子都乐得合不上嘴。大家热闹了好一会儿方散了。

珍儿同凤儿正在收拾铺面,不想这时三娘房里的秋菊来了,她大模大样的绷着脸儿,问为什么请客不请她。

"你是老几呀,要请你?"珍儿的嘴一向不饶人的,见样反问她一句。

"哼,请了王升、胡妈都不请我!"秋菊装着主人的腔调说。

"大爷爱请谁就请谁,谁也管不着。"珍儿装起来腔调冷笑说。

"好,让你们美一辈子!"秋菊说过调头跑出园门,手上两对银镯子故意摔得叮当叮咚地响。

"瞧那劲儿,叫人想吐!"珍儿望着她的后影,学她妈的声调说。

凤儿看见秋菊发青的脸,已经有点心跳,见她临走时的怪声,更加不得主意。平日秋菊是出名会收拾小孩子,尤其是对于没有人特别偏宠的。凤儿有时经过前面院子,她常常笑嘻嘻地招手叫她,等她走近前,就随手掐她一把,或拉歪她的辫子;若凤儿那天穿了新鞋,必装作失神给她踩上一个黑脚印。凤儿已经上过她三四回当了。

"秋菊好厉害啊!"凤儿想起昨天她揪她头发很痛,不觉叹一口气说。

"我不怕她!"珍儿正说着,忽见秋菊带着两个小当差一阵风似的走了来。

"五少爷叫我来拆棚子,他要这支棚子的棍子用。"领头的小刘说着不等答话便动手解绳子。

"这棍子是我们在花窖里找出来的,不能拆。"珍儿说着声音抖得厉害,两眼直望着他们。

"五少爷吩咐拆的。他说,这些棍都是他的。"秋菊得意地笑道,"你们另外找些棍子再搭一个好了。这还不容易。"

小刘小王两个小当差不过只有十四五岁,都是巴不得有热闹瞧,一会儿已经动手拆完了。

凤儿也明白秋菊是来报仇,她也知道五哥是家里大家捧的孩子,谁也不敢惹他。她听妈妈嘱咐过的,虽气秋菊,也不敢出声。但珍儿见凤儿吓软了一声不响,只管发愣,像一只水鸡,不由得更加生气,她跳起脚大声嚷说:"凤儿,怕什么,你也说不许拆!"秋菊似乎没听见珍儿的话,反而笑嘻嘻地提起砖石上一包大的月饼逗珍儿道:

"我替你送一包给你爸爸尝尝吧……"话没说完,捆月饼包子的绳子开了,饼子散了一地,都摔碎了。

凤儿哇的一声哭起来。珍儿就跺脚要不依秋菊。秋菊是个过了十三岁的人,见骂并不回嘴,只冷冷地说道:"棚子也不是我要拆的,你别指鸡骂狗吧。月饼倒是我失手摔的,你只管去告诉你三娘,叫她打我一顿撒一撒气。"

珍儿气得脸发青,拉着凤儿便往前院走,口里嚷着:

"我们告她去,叫三娘打死她。"秋菊只咧着大嘴笑跟着她,走到前院,她一溜烟跑进厢房里。珍儿到了前院倒有点踟蹰了,忽地停在院中,不敢往屋里走。凤儿心里跳得慌,只说道:"三娘会不会骂我们?"

"唔。"珍儿不知为什么也有点怕起来了。忽然三娘由厢房出来,两手一叉,笑向孩子问道:"要告状吧?我同你们伸冤。"

珍儿忽然不知说什么好,愣了一下,吞吞吐吐说道:"秋菊把我们做的月饼都摔在地上,她还凶巴巴的……"

"那又脏又破的饼子,"三娘还没答话,秋菊大声道,"给人都没人肯要,谁不是玩过就摔掉的。三姨太太还当是我惹了什么天大的祸呢,原来只为这吃不得嚼不得的饼子!你们别怕没有饼吃,再过十年八年你们自己长大了,成千成万的各式各样的真饼子,都可以换得回来,且吃不完呢。"秋菊说着笑了。

珍儿实在忍不住,但也摸不清秋菊的话是什么意思,她猜想这一定不是好话。

"你长大了才整千整万地换真饼子呢,我不换……"珍儿说着不由得呜呜地哭起来,凤儿很委屈地也跟着哭。三娘同秋菊却哈哈大笑。

这时张妈忽然跑来,见两个孩子都哭了,慌了手脚,只说道:"妈妈回来了,叫你们快去呢。谁吃饱了饭闲得慌,逗我们的小姑儿哭了?"张妈来时没瞧见三姨太正立在厢房门口,她说的话是冲秋菊说的。

秋菊斜眼瞅着主人笑了一下。

三姨太笑吟吟地说:"别冤枉人,谁敢招惹这些小姑奶奶啊!"

张妈这时才慌起来,原来三姨太也在这里!她急着抱歉道:"啊哟,真是老糊涂了,怎么没有看见您老人家也在这里呀,我当是秋菊一个人……"

三姨太忽然正色道:"都是秋菊那长不大的丫头,好心好意地说笑话哄她们开心,倒引得她们哭咧咧的。哪一天我气了,一定打断她的腿。凤儿过来,给你擦擦眼,哭坏了好一双丹凤眼,怪可惜的,长大了就不好找婆家,连累我们都没有好饼子吃了。"她一边说一边抽出手帕来替凤儿擦泪。珍儿明白这是气她的做作,提起脚要跑,可是三姨太又大声笑起来止住道:"珍儿别走,回去告诉你妈妈说别因为这一包假月饼今晚就不来打牌凑脚,三缺一是缺德的。再过个十年八载什么讲究饼子她都有得吃,且吃不完呢。"

凤儿还不十分明白三姨太的话，珍儿涨红了脸，一声不响地跑了。

　　晚上临睡觉前，妈妈坐在凤儿英儿床前喝茶，慢吞吞地说道："凤儿要记住，往后不准到前院告状去。你看妈妈为你们没受够气吗，还要给妈妈惹事？"妈妈说到这里忽然声音哑了，只拿手帕擦鼻涕。凤儿看见妈妈的眼皮肿得很高，想诉说一番方才告状的原因都不敢开口，倒是英儿说："妈妈，秋菊也是太可恶，常常无缘无故地找岔欺负人。我们费了多少力气在花窖里找出来的棍子，她硬跑来说那是五哥的，一定要拆了拿走。难怪珍儿凤儿生气呢。秋菊真是宠得太不像话了，什么都打五少爷旗号出来压制人。五少爷好比皇上！"英儿已经九岁，对于世事已有她的意见了。

　　妈妈长长地叹一口气，说道："要争气先要看一看自己，谁叫你们生来是女孩子，女孩子长大只好说个婆家，换些饼。"

　　"难道男孩子长大个个都做官，为什么拉车的挑粪的都是男人？"英儿驳道。

　　凤儿现在才有点明白为什么妈妈哭得眼肿。她很佩服英姐姐的话，也很想安慰妈妈一下，却不知说什么好，停了一下,她把头抬起来笑对妈妈说道:"妈妈,我长大不要换饼子。"

妈妈听说微微掀起嘴角笑了,英儿也凑趣大声说:"我也不换饼子,让秋菊一个人换去好了。"

"秋菊想换饼子也换不来。"妈妈却说。

"为什么呢?"凤儿问。

"她不配。"妈妈答。

"怎样不配?"凤儿不明白,可是一望,妈妈直了眼,向灯发愣,她便不敢再问下去。一会儿妈妈站起来催道:

"别说话了,不明白的事多着呢,你们几时才会明白?快睡吧,明天英儿还要起早上学呢。"妈妈话讲完便把洋油灯吹灭,出了卧房。

后来妈妈洗了脸还是到前院同大家打牌等候半夜拜月吃消夜。凤儿半夜醒了,听见前院三娘哈哈得意的笑声,还有妈妈赔着又低又软的笑语。她望着银色的月光,月光照在房里一切都像做梦。她不明白为什么妈妈要到前院,她只觉得要把妈妈喊回来,可是又不敢喊。只是这样想,好久都睡不着。

原载一九三七年八月一日《文学杂志》第一卷第四期

红了的冬青(童话)

　　一个晴朗的秋天，湖滨公园的大冬青树看到对面经了霜的枫树浸在日光里，那五色缤纷的叶子，更加美丽了。

　　"太美了，多看简直令人眼晕！"冬青叹口气自道，过了一会儿却忍不住说，

　　"出脱得这样美呢！"

　　"总是花花绿绿的罢了。"枫淡然答道，"再过些时，刮一场西北风，我就得变成光杆儿，哪里比得上你一年四季都青青绿绿的。"

　　"一年四季都是这一套，唉，腻死了！"冬青讲着便引

动心事,接下道,"你看这几天多少人来瞻仰你,我这里连苍蝇都不曾来一只。"

"不知为什么,我倒不愿意有多人来。人多了,我满心乱哄哄的不得劲儿。昨天有人坐在我脚下弹月琴,他弹了多会儿,流了多会儿的泪,我真的想哭。"

冬青听了默默一会儿才说:"你这话是说来安慰我这失意人的,倒要谢谢你的美意呢。不瞒你说,我昨天听着那月琴和着歌声,心里觉得凉凉的很难过,流了不少眼泪。"

"你好好的为什么流泪呢?"

"我真厌恨我这样灰色日子,总这般一天一天地,平凡地,没有光彩,没有欢乐地过下去,多么无味呵。"冬青说着伤心,枝干都微微抖擞了,"将来老了,枯朽了,去见上帝,也只好没脸搭丧空着手去。"

"我真想不到你会这样伤心懊恼。你不怕风,不怕雨,一年到底清清静静的,还不够福气?不怕你笑话,告诉你听,每次刮大风,我就望着你,抱怨上帝偏心,为什么我见了风就得剩下光杆子。我的美丽衣服一点儿不容情地被撕一个烂,吹散到四方去。"枫树说着声音也哑了。

"我觉得无论什么东西,生在世上,总要有意思才算生过。莺儿只唱几声便比麻雀成天地唱有意思多了。一个水花就比一池水好看吧?我常想我只要过着那么有光彩的日子,只要一天,立刻叫我死都愿意。"

　　"你说的话真的吗?"枫忽然得了一点启示似的问道。

　　"怎么不是真话?你有什么法子给了我了这一宗心愿吗?"

　　"这倒不是做不到的事,只要你我两家同意,你把你的色素给我,我把我的给你,那末,你到秋天就会变成我的颜色,我也变了你的。咱若同意,明年开春便交换吧。"

　　冬青很欢喜地答应了。

　　第二年春天, 枫及冬青诚诚恳恳地彼此交换了色素,彼此很得意地生长着。秋天到了,冬青的叶子变得又黄又红,很艳丽地向着日光。枫却依然满树青翠,但是它似乎很满意地说道:

　　"昨天许多人说看见我这样颜色, 似乎离冬天还远呢。"

　　冬青默然不答,他觉得一种寂寞袭上心来,撩拨起满怀哀怨。

"今天这样暖和，一定有多少人来拜访你呢。"枫说。

"还是不会有人来的，我知道。我倒不稀罕有多少人来。倒是那个弹月琴唱歌的，望他再来一次。他一开口唱，那些小鸟儿都飞来跟着声音一起跳，这样盛会是轻易见不到的。"

他们这样说着，时时盼望有人来。可是一连晴了几天，太阳黄得像金橘一般可爱，地上野菊花晒得透香，成群的小粉蝶忙碌地绕着树脚飞来飞去。坡子上却不见一个人影。

"枫树君，我看一切都得碰运气。"冬青勉强地自开自解道，"去年今日，你的门前是多么热闹，轮到我，却这般冷清。"

"唉，冬青君，我正要告诉你一个重要的消息！"

"什么事，难道更有倒霉的事轮到我吗？"

"你听了可别着慌呵。昨天公园的董事先生同他朋友在这一边走过时，指一指道，'好好的冬青都变成这种奇怪颜色，怕不是什么好征兆。过两天叫工人来砍掉它，免得应验在什么灾祸上'。"

"真的吗？我的天……"冬青不等答话，已经震颤得出不得声了。

"我哪好同你开这玩笑?"枫正色道,"我看我们忤了天意都有罪了。说不定还有什么灾害降临呢。快些忏悔吧,上天赦免肯改过的。"

冬青于是含泪祷告了许久,他现在开始想到他是逆了天意,他愿受一切罪罚,只要上帝肯留他的生命在地上。

第二天刮了一日大风,冬青枝干上丹黄叶子都随风四散了。第三日太阳出来暖和和地照着大地。冬青看枫树绿油油的青叶,反映着自己的丫样的秃枝,不觉悲从中来。他现在怎么也想不出自己当初为什么那般厌恶青绿色,为什么一定要与枫树交换色素了。他足足地伤心了一日,到晚上它喃喃咽着泪要上帝宽恕它,让它依旧常青常绿,除此一无所求了。

上帝果然是仁爱的,未到春天,已给冬青披上一件碧绿的袍子了。

——原刊《武汉日报》"现代文艺"副刊第十八期